PIETRO MASCAGNI

Giannotto Bastianelli

© 2023 Culturea Editions

Texte et illustration de couverture : © domaine public
Edition : Culturea (Hérault, 34)
Contact : infos@culturea.fr
Retrouvez notre catalogue sur http://culturea.fr
Imprimé en Allemagne par Books on Demand
Design typographique : Derek Murphy
Layout : Reedsy (https://reedsy.com/)

Dépôt légal : janvier 2023
Tous droits réservés pour tous pays

ISBN : 9791041842896

Ai miei fratelli Pietro e Paolo.

L'OPERA IN ITALIA.

I.

L'opera in Italia – Suo carattere popolaresco.

Ogni paese ha la sua lingua musicale, le cui peculiarità di concezione e di costruzione si formarono a poco a poco e furon tramandate più o meno fedelmente dai musicisti. Così, più o meno interrottamente ebbe ed ha tuttora una lingua musicale originale la Francia, così l'ebbe l'Italia e l'ha tuttora sebbene un poco modificata da veri e propri barbarismi, di cui la sorgente è o la musica francese o, se non sempre direttamente, la musica tedesca e, meglio, la musica wagneriana. E per linguaggio musicale moderno dell'Italia intendo di necessità il linguaggio del melodramma, poichè da quando comparvero i grandi compositori di musica strumentale in Germania, questo genere di musica in Italia divenne fatica di retori plagiari e pesanti. Abbiamo infatti noi dei quartettisti da mettere a paro con Haydn Mozart Beethoven? Può un sol quartetto del nostro accademico Bazzini sostenere il confronto d'un qualunque quartetto dei classici tedeschi? E di tutti gli scrittori di musica per pianoforte e di musica sinfonica non teatrale, chi è riuscito ancora a dire agli Italiani una parola sua, a farci scordare l'instante tirannia di Beethoven di Schumann di Liszt di Wagner? Non è, anzi, senza una ragione profonda il contegno indifferentissimo del pubblico italiano verso i così detti scrittori di musica seria. Infatti il buon pubblico innocente e ignorante sente istintivamente che sotto quelle dotte polifonie ben imitate da chi ne seppe più ed ebbe cuore più nuovo e più sensibile, c'è un silenzio inutile, c'è il triste vuoto di colui che non ha forza fantastica tale da plasmare spontaneamente una nuova forma sinfonica veramente latina.

Mancando dunque i grandi lirici personali, le grandi individualità musicali che si esprimano ciascuna con un glorioso linguaggio che sembri assorbire e contenere tutto il vocabolario musicale d'un'epoca o di un popolo, in Italia risponde moltissimo al gusto popolare l'opera. E non l'opera quale Wagner aveva concepita: altissima tragedia musicale, profonda di poesia e di pensiero; ma il semplice melodramma popolaresco, in cui il libretto, generalmente, invece di essere un'intuizione poetica del mondo quale la Dannazione di Faust, o il Tristano e Isotta, non ha altro ufficio che prestare al compositore dei personaggi senza articolazioni, forniti di ottima gola per cantare. Sicchè, sieno pure tali personaggi vivi, indovinati, oppure astrazioni irreali, cadaveri ambulanti per sola virtù di retorica, ciò non importa. L'essenziale è di situarli e d'aggrupparli in modo che essi possano cantare molte melodie. Chè di queste sono gravidi i compositori italiani, e di queste ghiotti gli ascoltatori italiani.

Tuttavia anche la melodia italiana ha subito delle trasformazioni sebbene esteriori. Non più l'accurata lasciva cantilena della scuola napoletana; non più i gai gargarizzi dell'opera buffa, fra i quali talora zampillava qualche larga monodia d'una dolcezza impreveduta. Verdi l'agitatore di popolo, come Garibaldi fu creatore di eroi, sembrò avere scosso l'inerzia molle e l'allegra indifferenza in cui amava esser cullata e illusa l'animula italiana. O meglio, era il popolo italiano che, risuscitato dai soffi primaverili del risorgimento, esigeva un'arte melodica nuova: la melodia della passione sfrenata e cieca, della passione che ricordasse la ribellione, che sapesse un po' di polvere e di sangue. Verdi fu la voce del nuovo bisogno. I libretti si popolarono di situazioni drammatiche irte di spasimo e di ferocia. E alle tenui cantilene, agli affetti leziosi e di poco palpito, subentrarono modi di canto dalla tessitura più audace, dalla struttura ritmica più marcata e violenta, e forti effetti corali e strumentali, e finali «allegro furioso» atti ad ubbriacare i loggioni avidi di commozioni rapide e brutali.

Se non che anche l'arte Verdiana rimase nella sostanza simile a quella dei predecessori; arte, cioè, sempre primitiva nel contenuto sebbene spesso perfetta nella forma, profondamente sensuale, di tinte accecanti, di un sentimentalismo un po' barocco, ma spesso franco e sincero; arte che, prossima forse ora al suo tramonto, non è destinata del tutto all'oblio, ma è meritevole di esser frammentata da una critica spassionata e rigorosa in una specie di florilegio contenente le più belle ispirazioni dei nostri ottocentisti, delle quali dobbiamo, e a ragione, esser gelosi, se non altro per non interrompere le più pure tradizioni del nostro linguaggio musicale .

Ora, Pietro Mascagni appunto è un continuatore degli operisti popolari. Non ostante la preparazione più accurata, il possesso d'un'orchestra più ricca, più colorita e più flessibile, egli rimane un melodista fresco, facile, talvolta futile, ma quasi sempre trascinante per la esuberante ed ingenua passionalità. Egli, pur avendo una personalità diversissima da quella di Rossini e di Verdi e, come Rossini e Verdi, impersonando la nuova mediocrità mentale della terza

Italia, non è che un continuatore in linea retta di Verdi e di Rossini; prezioso, ammirevole per questa sua bella italianità (che a dir vero non possiede molto Puccini forse meno ingenuo, ma d'una sentimentalità troppo infranciosata, sul tipo del buon Massenet); colpevole, come quelli, di essere così al disotto della vasta cultura e della profonda coscienza dello spirito umano che hanno avuto i grandi d'ogni tempo.

II.

Retorica nell'opera italiana.

Poichè se ogni arte è condizionata nella libertà del suo contenuto, vi sono però artisti che nascono e si sviluppano quasi al di sopra della mentalità comune, violentando, se troppo angusti, i limiti della storia di cui sono figli, sebbene serbando profondamente conficcate le radici in quella storia stessa. L'operista italiano, invece, ha, quasi sempre, una mentalità del tutto immersa, anzi sommersa, nel flutto della mediocrissima vita che lo circonda. Egli è così un'anima semplice, di quella semplicità un poco artefatta delle anime popolari, che non appena venga varcata da noi, ci desta un'antipatia irrimediabile. Certo nell'arte non vi è progresso, ma vi è progresso nelle condizioni del suo contenuto. Ponendo il caso d'un uomo che da fanciullo abbia vissuto tra il popolo e abbia sentito com'esso sente, e che, dopo, esperienze diverse portarono a conoscere una vita più alta, più ignuda di pregiudizi e di debolezze, non ci meraviglierà che quest'uomo sorrida con commiserazione della sua infanzia. Infatti non c'è cosa più erronea del credere che l'anima popolare sia la più genuina che vi possa essere. La sua forza di sentire potrà essere, ed è spesso, più violenta della nostra, ma l'esattezza delle impressioni, la elevatezza del gusto, la chiarezza del pensiero, cresce in ragione che ci innalziamo e ci allontaniamo dallo stato confuso e bolso della vita popolare. Ognuno di noi se proprio da fanciullo non sia stato figlio del popolo, può avere sperimentato, conoscendo qualche parrucchiere o qualche tappezziere o penetrando nell'intimità d'una famiglia del popolo, tutto il misto di grottescamente falso e di ingenuamente vero, che contengono i sentimenti del volgo e le loro estrinsecazioni. Ora sarà il baleno d'un concetto larghissimo, che l'ingenuo buon senso sfiora riempiendoci di stupore; ora sarà la vana ripetizione male a proposito d'un trito sofisma che ci urta e ci disgusta; ora sarà una intuizione splendida, quattro o cinque parole, un'osservazione psicologica, un'intonazione, un arabesco della voce d'uno che canta per i campi, che ci infondono un vero e proprio brivido estetico; ora sarà la deformazione di non so quale orribile verso d'uno dei tanti poetucoli italiani retorici e mentitori, per lo più a scopo di volgari sottintesi carnali, che ci farà voltare nauseati da un'altra parte.

L'arte popolare o di chi anche a traverso studi relativamente superiori, si può pur sempre chiamar popolo, presenta queste bellezze e questo grottesco, questa curiosa mistura di pura semplicità e nitidezza nella visione ed espressione, e di tronfiezza ridicola. Così assistendo, per es., ad un'opera di Giuseppe Verdi, è per noi una continua oscillazione tra l'aere sereno della bellezza e il tanfo opprimente della retorica Ma intendiamoci bene sul carattere specialissimo di questa retorica. Essa è come una retorica iniziale, una retorica delle condizioni in cui s'è formato il contenuto. Quando tutto l'ambiente storico in cui un artista si sviluppa, commette un errore comune, è difficile che quell'artista, se non provvisto di un punto d'appoggio per giudicare, di richiami critici per verificare, possa eroicamente difendere il proprio contenuto da quella specie di morbo universale. Onde avviene che si formano certi schemi di arte, in cui la visione degli artisti vissuti nello stesso ambiente storico sembra avere un punctum caecum sempre allo stesso posto. Per esempio, v'è nell'opera italiana un luogo più comune delle così dette arie della pazzia, scena della maledizione, scena del riconoscimento, scena d'amore, scena della morte? Però, superata da noi la noia che c'infligge questa costante retorica di situazioni, talvolta niente è più bello della melodia che il compositore trovò per tale situazione trita e ritrita. Al modo stesso, nella musica religiosa di Bach, la condizione del contenuto essendo convenzionalissima, le cantate del maestro di Eisenach, eccettuati alcuni recitativi ed alcuni cori, consistevano sempre in arie e in duetti in cui il vanerello amore agghindato e incipriato e imparruccato dell'anima per il suo innamoratissimo padre, era espresso con sempre nuova eleganza sincera dal compositore, che non sospettava affatto quanto fosse indecoroso per l'anima e per Dio tenere quel contegno da Florindo e Rosaura. In questo caso, come nel caso delle situazioni melodrammatiche dell'opera italiana, noi non possiamo chiamare retorica la forma musicale (talvolta bellissima se staccata dal contesto col quale ha relazioni che noi non possiamo sopportare); ma retorica, le condizioni in cui è sorta tale musica; la quale anche ai contemporanei parve bellissima e fu da quelli medesimi ben distinta dalla musica veramente retorica, cioè la vecchia intuizione, il vecchio motivo, la volgare modulazione ripetuta ormai a sazietà.

E in che cosa, se non in questa sincerità e convenzionalità aventi ineluttabili ragioni storiche, va cercata la spiegazione di quel fatto che notava lo Hanslick, che nulla è più cedevole al tempo e alla moda (cioè alle mutevoli condizioni del superficiale sentimento popolare) delle forme della musica teatrale? I nostri nonni hanno infatti pianto alle settecentesche smanie della Vestale colpevole di Spontini, come i nostri bravi loggioni moderni palpitano e fremono all'eroismo da sartine e da commessi viaggiatori della Bohème o si commuovono all'apoteosi da giornale illustrato della mousmè Iris, cortigiana abortita per ignoranza. E, parimente, i nostri padri vibrarono dinanzi alle victorughiane idealizzazioni del buffone di corte Rigoletto, come i loro rispettivi bisnonni erano andati in solluchero alle graziette lascive e seducenti della Serva che non contenta del possesso carnale d'un vecchio padrone di provincia, ne vuol sancito il dominio con un bel matrimonio. Come si vede il fenomeno è vecchio e a forza di nonni e di bisnonni si potrebbe senza fatica risalire, seguendone le traccie, a Plauto e chissà quanto più su.

III.

Ciò che simboleggia Pietro Mascagni nell'opera moderna italiana.

Pietro Mascagni, ho detto, è un discendente in linea retta degli operisti italiani. Al pari di loro, egli non mira che a destare i tumultuosi fremiti salienti dalle platee, ruinanti come uragano dai loggioni, con delle scene che afferrino l'attenzione del pubblico alla prima audizione, con dei finali coronati di quelle folgori degli ottoni, senza delle quali il volgo non crede all'esistenza del miracolo. Nelle sue opere scorrono, ondeggiano dal principio alla fine, fiumane di melodia che inebriano le anime di ebbrezze facili e passeggere. Un motivo di Beethoven o di Wagner difficilmente diventerà possesso comune, il contenuto di cui è riempito essendo soltanto parzialmente accessibile al pubblico, il quale non ama le conquiste faticose. La profondità e la fedeltà dell'amore non son molto comuni tra le persone volgari e le opere dei classici (ossia dei grandi) non trovano nel popolo la pazienza vigile che esigono per esser comprese, la qual pazienza di comprensione è già essa quasi una genialità, educata a lungo e sviluppata con rigore di cultura.

Il canto in Mascagni è sottolineato da un'orchestrazione, a cui la ricchezza coloristica dei timbri non toglie un carattere di semplicità affatto contrario alla complessità tematica delle grandi creazioni sinfoniche. Per i nostri vecchi le opere di Pietro Mascagni possono significare ai loro cuori e cervelli conclusi nel loro ormai giovanile passato, un intedescamento della musica. Ma questa è un'illusione. È vero bensì che anche l'opera mascagnana ha risentito del decadimento del bel canto, e del sopravvento su questo dell'orchestra a commentatrice del dramma. Ma, nella realtà, la melodia, sia pur trasmigrata dalle fresche gole umane nei numerosi strumenti dell'orchestra, è rimasta la vecchia melodia italiana dalle forme regolari, dai blandi ritornelli, dalla serena cadenza finale coronata da una nota tenuta per far piacere alla voce dei cantanti e all'orecchio del pubblico, che ama i cantanti un po' simili a lottatori di molta resistenza. E gli intermezzi mascagnani, i preludi, e i famosi commenti orchestrali alla fine o d'un'aria o di un duetto (commenti che sono poi stati imitati da tutti i mediocri compositori moderni italiani, compresovi uno non mediocre, Lorenzo Perosi), che altro sono se non sempre, melodia, vecchia melodia italiana, meglio vestita, più sonoramente versata negli orecchi degli uditori, più argutamente organizzata? E non se ne sentono infatti intuonar gli echi per le strade insieme coi motivi più amati di Rossini, di Bellini, di Donizzetti, di Verdi? Oh! non temano i nostri vecchi! non sarà Mascagni che intedescherà l'opera italiana! Egli ha ereditato una delle nature più italiane (nel senso popolare) che ci sieno mai state. Se i vecchi non lo capiscono, è che alla retorica dei cori di guerrieri medioevali, di sacerdoti romani, di schiave orientali, etc., etc., è succeduta una retorica più nuova, la retorica delle lavandaie giapponesi, dei ladroni scozzesi, dei contadini alpigiani, e più di tutto, la ormai non più recente retorica dell'enfasi strumentale «che dall'orchestra prorompe». Tutte cose che se non son consentanee ai gusti dei fedeli del Prati, di Victor Hugo e del Guerrazzi, non vogliono precisamente dire che Pietro Mascagni non appaia nella sostanza italiano quanto Verdi agli italiani d'oggidì.

Certo profondamente diversa è la sua personalità da quelle dei maestri italiani della vecchia scuola. Al periodo epico del risorgimento di cui fu interprete fedele il romantico Verdi, è successo un periodo in cui l'Italia sembra ritornata per un lato quasi ai tempi di Rossini, per un altro ha acquistato una qualità dolorosa, che allora non aveva, un dolore cioè di passione che fa soffrire, un rifiorimento più agitato della malinconia erotica dei Paisiello e dei Pergolese. E Mascagni è il cantore delle sensazioni fresche, della carne giovanile, della cieca salute, del riso gaio della folla nei giorni di festa, e del dolore della carne tradita per un'altra carne. Certo a lungo andare questo trionfo di carne, di riso, di allegria, di dolore che non piange che per amore, per amore, per amore, è monocorde, è monotono, e stanca. Ma quali melodie sane non spicciano fuori da questa vena limpidissima! Che orgia di canto! che gaiezza rimbalzante di suoni, nitidi, tinnuli, sgargianti come i colori che si vedono in una fiera! Certo, e in un senso è bene, si può essere ostili all'autore della Monferrina dell'Amica. Ma anche i più ostili, coloro che più si sono allontanati da questa arte così angusta d'orizzonte, per essere stati bruciati da ben altri spiriti, profondi come abissi solcanti fino alle viscere l'umana natura, non possono fare a meno di ridere a scrosci, di urlar di gioia e di dolore bestiale con questo mago che al posto del cuore ci ha un nido, donde balzano alate le più fresche canzoni d'un popolo.

Mascagni nella musica europea.

Forse in nessun tempo la tenuità d'un compositore italiano non profondo, ma sincero, non sapiente, ma astuto, fu più discussa, anzi talvolta neppure onorata della discussione – molti critici si arrestano dinanzi alla volgarità di Mascagni e non osano progredire più in là – , come oggi accade per Mascagni. E se ne comprende facilmente il perchè. Ai tempi di Rossini, per es., nonostante che il grandissimo e allora ignoto (o quasi) Beethoven impersonasse e superasse le grandi correnti letterarie e umane del romanticismo, l'Europa era solcata da larghi soffi di leggerezza un po' scettica, e, sebbene l'opera buffa e l'opera seria avessero trovato dei compositori molto più eletti e, a loro modo, più profondi di Rossini (ad es.: Cherubini), fu però Rossini che con il fuoco indiavolato del suo brio di gaudente li superò tutti, vellicando in modo insuperabile quella voglia matta di divertirsi, e creando un capolavoro magnifico d'opera comica, il Barbiere di Siviglia, e un capolavoro altrettanto magnifico d'opera seria, il Guglielmo Tell. Se non che erano dei capolavori sì, ma dei capolavori relativi alla superficialità del tempo. Tempo nel quale pareva quasi che la vera grandezza fosse riserbata ai poeti e ai filosofi, i quali accettavano la piccolezza dell'opera musicale, dandole chissà quale interpretazione fantastica. Così Schopenhauer, complessa natura di pensatore d'artista e di viveur, s'estasiava davanti alla volontà di vivere del ridente Rossini, al modo stesso che il suo figlio spirituale Nietzsche perdeva la testa davanti alla musica «dai piè leggeri come il vento» della Carmen, la quale per lui simboleggiava nientemeno, che l'astutissima flessibile adorabile musica mediterranea. E si sa quanto oro, quanto tepore, quanto profumo meridionale contenesse per il poeta del Riso questo vocabolo di «mediterraneo».

Comunque, era sempre la poesia (o la critica poetica: se più piace) che dava un'arbitraria grandezza alla musica. La vera grandezza, ripeto, era riserbata soltanto ai poeti e ai filosofi.

Il grazioso e un po' affettato Mozart, il gaio adolescente settecentesco, dal sorriso malizioso e dai languori affettuosi e delicati, aveva creato un'opera buffa imperitura, figlia e nipote dei gloriosi modelli italiani, e il cui tipo aveva incontrato le grazie di tutti i compositori italiani. Più che a tutti piacque a Rossini, che soleva chiamar Mozart il «Dio della musica»; la quale opinione perdura ancora nella coscienza di alcuni, tanto che, se non erro, in un manuale di musica moderno, ebbi a leggere con un certo stupore, come Mozart fosse il più gran genio che della musica sia mai esistito, un uomo così sbalorditivamente musicista che trasformava in musica tutto quello che toccava. Non so la paternità di questa frase, ma se la sapessi, domanderei a chi la disse per il primo, che cosa faceva Wagner di quello che toccava: forse dei tromboni? Ad ogni modo Mozart è un caro fanciullo gaio e sereno, ma niente più di questo. Alcuni, tra i quali un grande conoscitore di musica, Romain Rolland, vogliono trovare in lui una saggezza profonda. Ma io sarei più propenso a credere che, intessuta d'una più delicata e gentile sentimentalità tedesca, anche in Mozart sia la consueta leggera retorica settecentesca del mite Metastasio, e di tutti i suoi fratelli letterati, amanti dei grandi nomi eroici e degli intrecci da teatro di burattini.

Beethoven fu il primo che rialzò la musica all'altezza della grande poesia; e potendo, anzi forse dovendo dire della grande arte, dico volentieri della poesia, pensando a Goethe, del quale Beethoven fu l'unico fratello, da alcuni creduto anche maggiore. Con Beethoven la musica potè aspirare ai più alti destini. Anche Bach, Händel, Palestrina, Orlando di Lasso, Monteverdi, etc., furono grandi; ma nessuno di loro è degno di esser messo tra i più alti spiriti intuitivi, la cui apparizione segna come una nuova tappa nel lungo cammino dell'umanità. Poichè con Beethoven per la prima volta la musica passa dal valore di arte decorativa, di arte di abbellimento, di «inclita arte a raddolcir la vita», al valore di arte intima, quasi direi di arte di coscienza, rispecchiante tutto un momento storico dello spirito umano in tutti i suoi meandri, in tutte le sue contradizioni, in tutte le sue aspirazioni più significative. Beethoven è il primo musicista universale; la civiltà ellenica ebbe Fidia, la civiltà medioevale ebbe Dante, la civiltà del rinascimento ebbe Shakespeare, la civiltà modernissima, che è ancora la nostra, ha Beethoven. Con lui anche i musicisti sentirono con orgoglio che a loro non toccava più d'imbandire con le briciole cadute dal banchetto dei grandi il loro modesto banchetto di servitori. Così si ebbe una nuova musica di nuovi musicisti, nuovi d'anima d'arte di valore storico; Wagner, Berlioz, Schumann, Chopin, con diversa fortuna e con diversa bontà d'intendimenti, furono i veri poeti dell'Europa nell'800. Come dice Romain Rolland nella sua splendida prefazione ai Musiciens d'autrefois: «la lumiére (dell'arte) ne cesse pas de brûler; seulement elle se déplace, elle va d'un art à l'autre, comme d'un peuple à l'autre.» Dopo Goethe, grandissimi poeti dovemmo aspettar molto ad averne. Ma quali musicisti non fiorirono, profondissimi poeti del loro tempo che è, in gran parte, sempre il nostro! La musica divenne un linguaggio meravigliosamente eloquente, pieghevole, policromo, atto a rendere tutte le più mutevoli sfumature della psiche, la quale sembrava fino ad allora ribelle alle forme troppo dure e incerte dell'armonia, simili quasi all'intirizzimento delle statue prefidiache. Beethoven, sopratutti, poi Wagner Berlioz Schumann Chopin empirono la storia di opere d'arte in cui i suoni raggiunsero la potenza espressiva della lingua multisecolare della poesia. Soltanto forse nella Grecia armoniosa, nel trecento eroico dell'Italia, s'incontra un periodo d'arte da paragonare a questa immensa ricchezza musicale dell'800.

Ma, ohimé, quell'immenso fremito d'armonia oggi si è spento. L'arte no, non si è spenta, chè è riapparsa per es., in Italia sotto le spoglie gloriose della poesia. Nessuno forse infatti ha mai pensato a scoprire le infinite somiglianze che i musicisti dell'800 collegano con i nostri poeti del 900. L'arte di Riccardo Wagner e l'arte di Gabriele d'Annunzio hanno delle relazioni che nessuno s'è mai ancora proposto d'indagare. Ma la musica è moribonda. A Riccardo I è succeduto Riccardo II, lo Strauss, il musicista che nonostante il suo contenuto decadente, e il suo suo stile barocco, mostra per certa sua robustezza, di esser sempre d'una gloriosissima razza di musicisti. A Berlioz, è succeduto (sebbene non spiritualmente) il piccolo Debussy wagneriano a rovescio, che tenta d'imbastardire la grande musica francese obbedendo a dei falsi canoni estetici (il discorso continuo, la guerra alla cadenza come simbolo della rotondità perfetta della forma musicale, il crepuscolo armonico, e finalmente l'impressionismo rubato alla pittura), e con dei gusti letterarii ormai stantii (Mallarmé, Verlaine, Baudelaire, etc.).

Ora queste anime raffinatissime, malate di dilettantismo estetico e di un infecondo criticismo, se con i loro sforzi, impotenti ancora a generare una grande êra musicale, conservano accesa la lampada semispenta della grande musica e accumulano le faticose e talvolta oziose esperienze che serviranno a far più possente il futuro linguaggio della musica ; esagerano però la posizione di dispregio che verso la popolaresca opera italiana tennero i loro grandi padri. Ma quanto più melanconica è questa loro posizione di quella d'un Wagner verso, per es. un Giuseppe Verdi! Il popolo ha sempre tradito i grandi. Ma se oggi il pubblico diserta i teatri ove si eseguisca Strauss o Debussy, per andare ad ascoltare L'Amico Fritz o la Cavalleria Rusticana, la critica non può dar assolutamente torto al pubblico.

Poichè, è vero, Riccardo Strauss e Claudio Debussy e i loro minori compagni, sopra il nostro Mascagni hanno una superiorità di cultura di pensiero di nobiltà d'aspirazioni. Ma si può poi dire che essi cantino all'Europa un contenuto nuovo e necessario? La nuova generazione che vien su ora, o che deve necessariamente venir su ora, non travolgerà essi pure nella sua ribellione contro tutti i sofismi moralistici e tutte le falsificazioni del sentimento dei Verlaine, dei Wilde, dei D'Annunzio? Chi è Salomè od Elettra se non una Basiliola e una Fedra più che mai inferocite nella loro libidine monotona dal macabro ritmo d'una musica di barbaro degenerato? E che cosa significa la coppia bamboleggiante di Pelléas e Melisanda se non un tentativo della stanca anima europea a ritornare a una semplicità sublime che essa non sa più concepire (avendone da tempo perduta la strada), che come una adolescenza di bambini tardivi? No; la musica europea è in decadenza. I suoi rappresentanti maggiori si esauriscono in sforzi formali vuoti di contenuto, o pieni d'un sì ridicolo contenuto, che il buon popolo sano e ribelle alle corruzioni senili delle così dette classi superiori, quando non sia sbalordito dal fragore, o dal terrore del silenzio, disapprova ed irride del suo meglio.

E davanti allo Strauss e al Debussy il piccolo Mascagni, a cui la musica scoppia nel cuore come una polla irruente, a volte un po' torba, ma spesso tersa, pulita e chiara, è quasi l'incarnazione, per chi sa leggere l'infinito linguaggio della storia e trovarvi la rivelazione di quella storia metafisica su cui essa eternamente corre e ricorre, d'una profonda verità estetica. È vero che è il valore del contenuto che fa grande l'arte; ma esso è soltanto relativo, e non fa che piccola o immensa l'opera d'arte, insignificante o luminosa nei secoli la visione dell'artista. Ciò che fa davvero che l'arte sia arte, è la forma; senza di questa il contenuto (o il desiderio, il presentimento del contenuto) non raggiunge l'esistenza estetica, ed è inutile che se ne parli come di arte. Che importa se Debussy è uno spirito più eletto più colto più sottile più profondo di Pietro Mascagni? La sua forma è per ora uno sforzo, un atto volontario, non spontaneo del suo spirito; mentre la musica di Mascagni spesso raggiunge nel suo piccolo la perfezione; anzi, talvolta, come negli intermezzi della Cavalleria e dell'Amico Fritz, nella romanza dell'Iris, nella Monferrina dell'Amica sembra rievocare più cosciente e più profonda, la candida melanconia d'un Paisiello o d'un Pergolesi e quel loro gaio sorriso così calmo e così refrigerante.

Certo è triste dover rassegnarsi a cercare la musica; non la preparazione alla musica futura, ma la musica veramente viva, nei piccoli. Ma meglio dei grandi che non esistono i piccoli che esistono. Nè voglio dire che, tra i piccoli, Pietro Mascagni sia solo; voglio soltanto dire che, dinanzi alla terribile crisi che fa agonizzare la grande musica europea, l'Italia trova in Mascagni un puro rappresentante della sua vecchia opera popolaresca .

L'OPERA DI PIETRO MASCAGNI.

I.

Cavalleria rusticana.

Cavalleria rusticana, il bel dramma musicale in un atto, che il Mascagni scrisse tra i 25 e i 27 anni, e che fu la sua prima opera rappresentata in pubblico, è forse, per ora, l'opera più completa che ci abbia dato il compositore livornese. Non che nelle opere posteriori egli, come molti pensano, non abbia più dato alla nostra musica dei brani di bellezza paragonabile a questa freschissima Cavalleria. Però, oltre al fatto che il maestro, dopo quest'opera curata in tutte le sue parti, ha pur egli ripreso il vecchio andazzo dagli operisti italiani di abborracciar spartiti ammassando alla rinfusa bellezze e sciatterie, lampi di genio e volgarità inaudite; a impedire al Mascagni di ridarci un'altra opera interamente bella – se dalla condanna si eccettui in parte l'ispiratissima Iris – sta l'altro fatto che egli non ha saputo svolgere in sè alcun germe fecondo di coltura. La qual cosa gli ha fatto accettare, come musicabili, libretti o difettosi o affatto incompatibili con la sua natura musicale. Giacchè coltura non vuol dire aver letto, sia pure con accesa passione, altissimi scrittori, come, ad es. aveva fatto indubbiamente Giuseppe Verdi. Che quest'ultimo non avesse capito Shakespeare – che pare egli avesse letto assai estesamente – ce lo dicono quelle cattive riduzioni melodrammatiche vittorughiane dei due capilavori shakespeariani: il Macbeth e l'Otello. Del quale Otello, musicalmente non solo superiore al Macbeth, ma a quasi tutta l'opera verdiana, il Boito e il Verdi compierono una vera e propria traduzione ad uso dei vanagloriosi cantanti del barocco teatro melodrammatico; sicchè il disgraziato eroe orientale, nel testo inglese gentiluomo nobilissimo qual s'addiceva essere a un figlio della razza più squisitamente signorile che esista, la razza moresca, diventa nell'opera verdiana un villano tenore che non sa esprimere la propria ira che urlando come un ossesso. Non parlo poi di quello che diventa Iago, la creatura ambigua tortuosa oscura dell'immenso poeta del cinquecento.

Ora, a dire il vero, io non so la quantità e la qualità delle letture con le quali è supponibile abbia adornato il proprio spirito il nostro Mascagni. So però con certezza che se esiste, la sua coltura è ben lontana dal raggiungere quel grado di ricchezza, armonia, solidità e signorilità, che permetteva al Wagner di emulare in questo i più grandi poeti e di permettersi il lusso di ricreare con tanto sapore storico e con tanta precisione di particolari scenici poetici e musicali l'ambiente della barocca e gentile Norimberga della metà del cinquecento. Se un nostro compositore tentasse di risuscitare, p. es., la Firenze del 400 o la Roma del 600 o la Venezia del 700, chissà a quali orribili gare di cattivo gusto e d'incredibile ignoranza ci toccherebbe ad assistere!

Comunque, il caso offrì al Mascagni un ottimo libretto nella Cavalleria Rusticana dei sigg. Targioni Tozzetti e Menasci, breve poema drammatico tolto dalla omonima notissima novella di Giovanni Verga. Io non pretendo dire che l'aggiunta del fallo di Santa (Santuzza nel libretto) col fidanzato Turiddu e la trasformazione dei «vicini» in un coro assai melodrammaticamente risibile, abbiano abbellito la primitiva concezione del Verga. Questo nostro grande novellierepoeta, non accennando ad alcun fallo di Santuzza accresce, a parer mio, la naturalezza del suo racconto, naturalezza così impreveduta nella nostra quasi sempre inverosimile novellistica, per altre ragioni che la possibilità dell'azione, pregevole. Certo però, questo fallo di Santuzza se sciupa un po' la semplicità della concezione drammatica, porse al Mascagni, acuendo la ferocia dell'azione fulminea, una ragione di più per impiegare le tinte più calde della sua violenta tavolozza musicale. È vero altresì che rimproverare ai librettisti di aver falsata la concezione verghiana, è dimenticarsi che la Cavalleria di Mascagni non ha ormai più alcun legame estetico con la Cavalleria del Verga, trattandosi di due intuizioni diverse.

Il Mascagni trovò dunque nel disegno offertogli dai due librettisti, tutti gli stimoli necessari per esplicare la sua personalità. Difficilmente nella storia delle arti troviamo un fatto simile. Il Mascagni delle opere successive non ha aggiunto nulla di veramente nuovo al mondo espresso nella Cavalleria, se se ne eccettua il rinnovamento puramente tecnico dell'Iris, che può essere anche una presa di possesso più chiara e più audace della propria personalità. E non perchè egli dopo non si sia più svolto, come troppo leggermente si dice; sibbene perchè una fortunatissima concordanza di fattori storici ed estetici condussero il Mascagni a raggiungere nella Cavalleria, che è come una prefazione fremente di entusiasmo e di fede a tutta l'opera futura, l'intera sua capacità. Chè se egli in essa si fosse esaurito, com'è opinione di molti, non avrebbe potuto empire le opere posteriori di bellezze che, se per una parte riescono vane, non essendo nate a formare un organismo compatto, per un'altra attestano che la fantasia di quest'uomo non s'è spenta, ma aspetta solo di non essere contrariata da soggetti che le sono alieni e indifferenti per espandersi nell'armonia d'un capolavoro.

Analizziamo dunque questa bella e fresca prefazione.

La Cavalleria, a differenza delle opere successive del Mascagni nelle quali viene usato, almeno nell'intenzione, un sistema analogo a quello wagneriano della melodia continua; – dico analogo, giacchè, se il discorso musicale del Mascagni è, come dicono oggi, continuo, la sua concezione è per sua intima natura, opposta alla volubile fluenza del polifonismo wagneriano – è divisa in tanti pezzi staccati secondo l'antico sistema prewagneriano. E questo sistema dei pezzi formanti un tutto da loro stessi, è un vero peccato sia poi stato abbandonato dal Mascagni. Il genio latino, generalmente, non ha potente in sè, come il tedesco, il senso dello svolgimento ininterrotto della Storia, del divenire inarrestabile e irrivertibile delle cose. Egli ha ereditato dal mondo ellenico la classica oggettività, il bisogno del ciclo simmetrico della strofe, invece della prosa flessibile e asimmetrica. Così al posto degli interminabili svolgimenti aritmici e simili al pesante e indeterminato flusso della materia, così cari a Riccardo Wagner e ai seguaci Riccardo Strauss e Claudio Debussy , egli ama le brevi forme nitide, i contenuti ben serrati dai solidi argini del ritmo. Così le cadenze che chiudono ogni pezzo mascagnano, sieno pure abilmente mascherate e dissimulate, generano in noi il senso della perfezione, poichè quei motivi e quelle melodie, che si avvolgono e si svolgono in periodi regolari come strofi della lirica greca o degli inni sillabici del canto gregoriano, non son fatte per essere contorte e concatenate secondo i dogmi, a loro estranei, del sistema wagneriano o dei sistemi da quello nati. La guerra alle cadenze che oggi infierisce nella musica, è errata per Mascagni e starei per dire per la musica italiana; sarebbe come fare in nome del verso aritmico dei verslibristes una guerra alla rima nella nostra poesia rimasta tuttavia a strofa ritmicamente obbligata. E il Mascagni laddove tenta di obbedire ai canoni del discorso libero o simile alla prosa del romanzo e della commedia in prosa, non ha fatto che generare un malinteso puramente grafico, malinteso che si dissipa all'audizione, se pure l'intento non sia stato davvero raggiunto a scapito della musica stessa.

L'opera è preceduta da un preludio di carattere più lirico che descrittivo sebbene d'una certa descrittività. A un breve episodio religioso che ci avverte di essere in un giorno festivo (la Pasqua), tracciando così un poco la cornice del quadro passionale che a poco a poco ci vedremo svolgere dinanzi, segue un motivo che potrebbe chiamarsi: il pianto di Santuzza; chè, infatti, esso e gli incisi che lo seguono, son tratti dal duetto tra Santuzza e Turiddu. A questo episodio, che subito c'immerge in quell'atmosfera di calda sensualità disperata, caratteristica vibrante dell'anima del Mascagni, succede una cadenza delle arpe preludiante alla Siciliana – una canzone cantata a sipario calato da Turiddu sotto le finestre di Lola. Ecco così che i personaggi sono già evocati tutti e quasi lineati dal preludio. La Siciliana è una melodia bellissima, serena sebbene languida di passione. È come una stasi intima e profonda nel terribile dramma che ha già cominciato a scatenarsi. Non è detto se sia una mattinata o una serenata; ma noi sentiamo in essa quella indefinibile aspirazione quasi a superare i limiti dei corpi e gli argini delle azioni, che trema nelle popolari canzoni d'amore, cantate nei due crepuscoli, in alcune nostre provincie, a cui la civiltà s'è appena avvicinata. Non so se la musica della Siciliana sia originale oppur ripresa da un vero e proprio motivo popolare. Il fatto è che Mascagni ha qui avuto una stupenda intuizione del sentimento che doveva avere una canzone popolare.

Ma improvvisamente l'incanto vien spezzato dal dramma feroce che prorompe di nuovo e con maggior foga. Il fascino lascivo della canzone vien come affogato nell'onda furiosa dell'orchestra, dove nuovi impeti di passione balzano alternati da murmuri sordi come di collera e da echi lontani di melodie umili come di preghiera. Finchè comincia a svolgersi maestoso e doloroso il motivo esprimente l'urto tragico tra l'amor vano di Santa per Turiddu e la noncuranza satura di rimorsi di quest'ultimo, motivo a cui, dopo un fortissimo spasimante, s'attacca il pianto di Santuzza, così pieno di disperazione rassegnata. E il preludio si chiude con una lunga cadenza sacra che riprende e compie la cornice sacra con cui esso si era aperto.

A proposito della descrittività di questo preludio mi si potrebbe obbiettare che il significato che io dò ad esso può anche dipendere da una retroproiezione del significato del dramma su di esso. In altre parole: se questo preludio fosse eseguito separatamente, esso non potrebbe parlarci di Santuzza e del suo dolore. Ma la questione è che questo preludio non dev'essere eseguito separatamente, per la semplice ragione che esso è stato concepito insiem col dramma. Nè, parimente, è vero che tutte le parti d'un'opera debbano, se staccate da essa, dirci da loro sole a qual causa, per dir così, sono votate. Se la Cappella Sistina fosse per ipotesi scancellata dal tempo di sul muro dov'è dipinta e dalla memoria umana, colui che ne venisse a scoprire un frammento, ad es: una delle Sibille, si troverebbe, credo, ben'imbrogliato a ricostruire il tutto, risalendo ad esso da quella parte frammentaria. Lo stesso si dica di uno dei frammenti scampati al naufragio del teatro greco. Una frase, un motivo, una figura prendono il loro significato dal testo al quale sono concreate. È il tutto che dà il valore delle parti, o, meglio, è l'intuizione, per dir così, centrale, che s'è espanta armoniosamente nelle più estreme ramificazioni del tutto. Le parole, le frasi, i periodi; le note, gli accordi, i motivi, gli svolgimenti, etc. etc., non sono che forme del linguaggio, il quale è composto di simboli vuoti e, per dir così, non solo empibili di sempre mutevole contenuto, ma trasportabili in quella di tutte le posizioni rispetto al tutto, che possa contribuire maggiormente a raggiungere l'intuizione madre, a esprimerne la vita, almeno approssimativamente. L'essere scettici riguardo alla descrittività della musica, o meglio al suo valore determinativo, è essere scettici del potere rappresentativo del linguaggio umano; e se tale scetticismo spesso non ha luogo di esercitarsi sul linguaggio parlato, ciò dipende dalla lunga abitudine, che ha soffocato lo stupore del miracolo.

Il sipario si alza davanti alla piazzetta d'un paese in festa. È mattina. Le campane suonano e dal loro ritmo vien generato, con un'intuizione geniale, il motivo gaio e esuberante di trilli di colore e di squilli di luce, che descrive la pasqua. Son frasi gaie, lanciate con un brio rossiniano di danza, alle quali si unisce a poco a poco il doppio coro, quello femminile cantante una fresca e delicata melodia primaverile, quello maschile, rude, un po' sgarbato nella sua allegria contadinesca. La scena è indovinatissima. Potrà forse sembrare triviale a certi critici di palato ipersensibile, ma chi conosce bene le pasque gioconde delle nostre città italiane col loro bel sole d'aprile, con quel brulichio d'abiti femminili dai colori accesi che formano colle luci e con le ombre accordi policromi sempre cangianti; chi ha provato quel senso tutto caratteristico di allegria spensierata e di facile felicità che effondono lo scampanio incessante e il clamore della folla, diverso, non so perchè, da quello delle altre domeniche, riconoscerà che Pietro Mascagni ha mirabilmente rappresentato in questa scena introduttiva il mattino della pasqua popolare italiana.

E il dramma comincia.

Un motivo tortuoso e cupo, il motivo della gelosia di Santa, apre il recitativo di questa con mamma Lucia. Fermiamoci un istante su questo tipo di recitativo. Esso non è il vecchio recitativo monotono dell'opera buffa, o il recitativo eroico e starei per dire marmoreo delle opere wagneriane della prima e seconda maniera. Neppur si riattacca al melanconico e sentimentale recitativo del 500600. Deriva, se mai, dal recitativo bizettiano (da quello per es., dell'ultima scena della Carmen, chè i veri recitativi secchi di quest'opera non furono scritti dal Bizet, come ognun sa, ma dal suo amico Guiraud), recitativo drammatico, duttile, pieghevole a esprimere con naturalezza i più diversi sentimenti. Ma, in realtà, è una specie di recitativo nuovo, anzi più un canto libero ogni tanto solcato da esclamazioni liriche dell'orchestra, che un vero e proprio recitativo. In opere posteriori il Mascagni ha pur troppo tentato di abbandonare questo suo bel tipo di recitativo per riprendere anch'egli il recitativo svenevole e civettuolo della scuola massenettiana. Ma non avendo il Mascagni le pessime doti di leggerezza melliflua che ci vogliono per parlar musicalmente con tale leziosaggine melensa, ne è venuto fuori un linguaggio ibrido, che non contenta nessuno con la sua goffagine provinciale, che vuol sembrare disinvoltura da viveur.

La canzone di Alfio, che segue l'incontro delle due donne, è uno dei pezzi più scadenti dell'opera. In esso appare, la prima volta in Mascagni, il vizio dell'enfatica eloquenza inutile, vizio inoculato nella musica moderna dal dittatore a vita di essa musica: Riccardo Wagner. Lo spunto della canzone, un triviale motivuccio da operetta, è scelto arbitrariamente dall'autore a reggere un grandioso edificio corale e strumentale di nessun valore musicale, salvo che musica non diventi sinonimo di fragore. L'origine di questo vizio va ricercata, come ho detto, nello smodato fervore con cui finora è stato studiato il sistema d'orchestrazione wagneriano. Il Wagner, scopritore di meravigliosi e impreveduti impasti strumentali, lasciò pur troppo una specie di ricetta, usando la quale i musicisti sono pressochè sicuri di ottenere un frenetico applauso. Comunque questo pezzo, che sembra descriva il fragore di rotolanti carri guerreschi e non l'umile treppichio dei poveri barrocci siciliani, ha pur nel disegno errato qualcosa di fresco e di giovanile che fa pensare a certi selvaggi e un po' triviali ritmi tschaikowskyani. Quasi a fare il pendant a questo coro segue l'inno popolare della resurrezione. Anche questo pezzo è condotto con un po' di tronfiezza ed esagerazione. Ma la spontaneità della melodia, l'impeto delle modulazioni, alcuni effetti irresistibili di sonorità, vibranti quasi d'un empito di gioventù e di passione, finiscono per far perdonare il fragore, pur questa volta sproporzionato a un'azione che esigerebbe maggior semplicità e forse un tono tra l'agreste e il pastorale; insomma un canto più umile e meno meyerbeeriano nella condotta.

Ma ecco due scene in cui il Mascagni può abbandonarsi tutto al suo frenetico lirismo erotico. Il racconto che Santuzza fa del tradimento di Turiddu, e il duetto tra questi e Santuzza, interrotto per un istante da una breve entrata di Lola, un po' curiosa a dire il vero. Giacchè donne che vadano alla messa per una piazza pubblica cantando a squarciagola stornelli d'amore, sono, anche sul teatro melodrammatico, e con buona pace dei librettisti, inverosimili. Infatti i librettisti italiani sembrano un po' troppo convinti che l'arte, sia lirica, sia drammatica, è immagine, sì del reale, ma del reale trasformazione fantastica. In fondo in fondo, sotto la libertà dell'arte, si trova – la schiavitù della scena. E questo mi si conceda che è alquanto ridicolo trattandosi specialmente di un dramma... veristico. O la bella e schietta verisimiglianza della novella del Verga! Ad ogni modo queste due scene sono tra le parti più belle dell'opera; onde occupiamoci sopratutto del carattere personalissimo di questa musica. Ho già detto altrove che il Mascagni sente più di ogni altro sentimento l'amor sensuale e un po' brutale del popolo; questi due pezzi ne sono una conferma lampante. Il primo di essi, la romanza di Santuzza, narra il dolore della giovinetta tradita, il ribrezzo della sua carne martoriata dalle immagini del desiderio e della gelosia, sempre rinascenti come un incubo infaticabile. La musica si colora mirabilmente delle immagini poetiche espresse dalle parole, anzi sembra essere di queste immagini narrativeverbali quella confusa frangia di nuove immagini e sentimenti che suole circondare come un alone sfumato e inafferrabile l'immagine centrale di una poesia. Già l'introduzione orchestrale simile alle iniziali miniate, con cui, nei libri antichi, si preludiava pittoricamente alla narrazione di poi scritta, ci fa entrare nella pienezza della situazione. Il pudore e lo spasimo carnale, che impediscono alla giovinetta di parlare; la rassegnazione al destino, sotto la quale però cova l'odio mortale alla donna che ha sedotto Turiddu, per invidia a lei, Santuzza, non per vero amore a Turiddu; tutte queste fluttuazioni di passioni tra di loro intrecciate e contrastanti, e di cui la potenza sta per prorompere nella povera fanciulla con un'intensità tutta propria dell'anime popolari più istintive che riflessive; sono bene espresse in quei due versi di melodia dolorosa, coronati da uno scoppio passionale e conclusi dall'abbattimento d'una cadenza rallentante. La melodia del racconto quindi segue e sottolinea con perfetta evidenza sentimentale, non visiva, come fa, per es., Wagner, gli episodi dell'agitata narrazione della popolana. Di questi episodi belli in particolar modo sono e quello in cui vien narrato il nuovo ravvicinamento di Turiddu e Lola, e quello in cui si confessa l'atroce verità con tutta la confusione della vergogna e la rivolta dell'amore tradito:

priva dell'onor mio rimango!

La melodia di queste parole sembra sgorgare lenta e desolata dal tumulto incalzante di poc'anzi. È uno di quei rari momenti di melodia assoluta, che corrisponde, nell'arte, a quello che, nella vita, è lo sfogo del pianto. E, infatti, come nella vita una tensione troppo forte e troppo lunga dei nostri nervi nella sofferenza, ci condurrebbe a qualche disequilibrio irrimediabile, onde il risolvimento della crisi nel pianto ci procura un benessere doloroso sì ma consolatore; così, in arte, il modo stilistico che corrisponde al momento del pianto o di un qualunque sfogo in generale, ha come un potere refrigerante e sollevatore. Si ricordi nel Coriolano di Beethoven, dopo il furioso battito del ritmo affannoso che apre il pezzo, lo sgorgo discendente della sublime melodia cantabile, e si ricordi ancora nell'ode a Napoleone Eugenio di Giosuè Carducci, il refrigerio indimenticabile che dà, dopo tanto cupo rombo di gloria fatale, l'evocazione della solitaria «casa d'Aiaccio – cui verdi e grandi le quercie ombreggiano – e i poggi coronan sereni – e davanti le risuona il mare!».

Un episodio religioso, lo stesso con cui comincia l'opera, cioè il motivo pasquale, termina la bellissima romanza.

Il duetto che la segue è di pari bellezza. Il dialogo, condotto sopra il recitativo mascagnano del quale ho già rilevato l'originalità, è, a parer mio, perfetto. Le due persone del popolo, che vi son dipinte in un momento così tragico della loro vita, son rese all'evidenza in tutte le pieghe vorticose delle loro ingenue passioni. A una esecuzione, per aver un'idea della verità popolare di questo duetto, se ne osservi il riflesso sui volti degli uditori delle platee e dei loggioni. È un continuo cangiamento del giuoco delle fisonomie, che al fremito doloroso d'un accordo si abbuiano, si rischiarano a una dolcezza melodica, s'increspano con i suoni aspri di un'ironia di Santuzza. Giacchè la potenza ingenua d'espressione di questa musica è inesauribile, e, sotto quest'aspetto, il breve terzetto a recitativo tra Santuzza Turiddu e Lola, è un piccolo gioiello. Le movenze vivacissime del dialogo, i fuggevoli incisi orchestrali, la naturalezza degli enjambements dell'una parte sull'altra, ci fanno quasi credere di esser in mezzo alla via d'un sobborgo popolare, dove alcune querule comari, coi pugni sui fianchi, si bisticcino fortemente, non risparmiando d'offendersi sia pur con l'inflessione della voce, e riconducendo così il linguaggio a una vera e propria musica, a quella lirica vivezza d'espressione, la quale il nostro sfiorito linguaggio di uomini beneducati e beneammaestrati ha da gran tempo perduto.

Lola partita, il duetto riprende con maggior furore. La vena lirica del Mascagni si riapre, versa torrenti di melodia. Sono in particolare belle la melodia sulle parole: no, no, Turiddu, rimani ancora, e quella: la tua Santuzza piange e t'implora, ambedue già fatte udire nel preludio. Le diverse sfumature del dolore di Santuzza e del rimorso orgoglioso di Turiddu, vi sono espresse come meglio non si poteva. Caratteristici sono i furori (è la vera parola) melodici, allorchè le voci salgono a una altezza disperata, vibrando in un fortissimo passionale di tutta la massa orchestrale. Questi abbandoni frenetici al fortissimo furono da me già osservati, a proposito della preghiera, come una delle principali caratteristiche dell'esuberante e prepotente natura musicale del Mascagni. Naturalmente nessuna attitudine, come questa, alla retorica può esser pericolosa e trascinare nel vuoto e nel volgare; però la freschezza giovanile con cui il Mascagni compose la Cavalleria, difende assai questo spartito dal pericolo suddetto. Il duetto, dopo aver percorse diverse fasi tutte interessanti, s'arresta ad un tratto su di un tremolo dei bassi, al quale si mischiano soffocate ed irose le offese supreme dei due fidanzati. Momento indovinato, in cui il canto e la parola, insomma l'intuizione del proprio stato di anima, cessa per dar luogo al suono rauco e quasi bestiale dell'ira cieca. L'ira infatti, al suo estremo furore, estingue ogni rappresentazione lucida; l'uomo non vede più che in confuso; il turbine della passione scatenata lo disumana, lo fa tornare natura, sentimento incosciente.

E questo è bene espresso dal Mascagni con i tremuli sordi, colla precipitosa e starei per dire verdiana scala cromatica saliente, quasi a condurre alle labbra di Santuzza la maledizione folle: a te la mala pasqua, spergiuro! E l'orchestra commenta, intonando a tutta forza il motivo della gelosia di Santa.

Anche questa dei commenti orchestrali alla fine d'un pezzo è caratteristica mascagnana. Alla fine del duo dell'Amico Fritz (soprano e tenore atto III); alla fine dell'ultima scena del I atto dell'Iris, alla fine del duello tra Ratcliff e Douglas nel III atto del Guglielmo Ratcliff e in molte altre parti dell'opera mascagnana, si trovano esempi di questi commenti orchestrali, i quali hanno avuta eccessiva fortuna nella giovane scuola italiana e in modo speciale sono stati ripresi con grande eleganza dal maestro Perosi.

Il duetto che segue, e cioè, il duetto tra Santuzza e Alfio, è infinitamente inferiore al duetto precedente. C'è in esso una fiacchezza fantastica invano celata dai tentativi numerosi d'abbandono a una melodia che non vuole espandersi. La composizione, anche negli artisti più leggeri e più spontanei, è pur sempre qualcosa di troppo sacro, perchè la si possa comandare a piacere. La fretta del preparare l'opera per il concorso, l'impazienza irriverente (e tutta italiana, pur troppo) davanti al mistero della creazione, irriverente impazienza propria a molti nostri altri musicisti, ad es: al Rossini; e altre simili ragioni d'indole pratica hanno impedito al Mascagni di attendere il momento propizio per risolvere il problema estetico di questo duetto con l'unica risoluzione che gli spettava, o per migliorarne la risoluzione già sbagliata. Così com'è, è un pezzo ben meschino, vuoto, tirato via, con una velleità di ritorno all'antico modo di cadenzare un pezzo con qualche retorica cadenza o nota di bravura.

Possiamo anzi fin da ora notare, e così avremo indicati i principali difetti dell'arte mascagnana, che il nostro autore, se ha in comune con gli artisti molto spontanei ed ingenui alcuni pregi indiscutibili, ne ha anche in comune i difetti correlativi. Se, per es., è nel Mascagni pregio gettar giù musica bella (sebben piccola nel suo contenuto) a larghi fiotti, come una fontana sempre piena, senza l'ansia creatrice e il combattimento eroico con la materia sorda e riluttante alla bellezza della forma, procedimenti propri a un Michelangiolo e a un Beethoven; talvolta questa sua facilità quasi direi incosciente, tanto è ingenua, diviene il suo peggior difetto. Chè l'accogliere senza un'insaziabile riflessione tutto ciò che nasce nella sua fantasia, lo porta spesso a accumulare erbe marcite in luogo di fiori freschissimi. Nel resto dell'opera del Mascagni infatti, e lo vedremo a suo luogo, vi sono non più pezzi soli e brevi, ma interi spartiti, in cui la mancanza d'una vagliatura rigorosa e dignitosa ha fatto sì che il maestro scambiasse per arie espressive, semplici accozzi mnemonici ed insignificanti di quegli echi di composizioni o proprie o altrui, che formano il supplizio di tutti i musicisti più riflessi. Giacchè anche nella musica accade ciò che il Bergson e altri notavano accadere nel linguaggio poetico. I poeti, i veri poeti, creano parole sempre nuove, perchè intuiscono sempre situazioni della realtà continuamente diverse; ma la vita comune, la vita, come direbbe lo Shelley, meccanica, non avendo creatività bastante a produrre nuove esperienze, ripete, con esperienze stereotipate, parole vecchie, da cui è stata spremuta tutta la freschezza del succo. I nuovi musicisti, parimente, creano formule tonali nuove; i retori si affrettano a ripeterle, a ripeterle fino a che il pubblico d'orecchi duri non se ne stufi e protesti fischiando. E per retori intendo anche coloro che, pur avendo creato della musica nuova, cioè avendo creato delle formule nuove per problemi estetici irripetibili, tentano di applicarle a problemi estetici nuovi, divenendo così autoretori. Il Mascagni è uno di questi. Egli nella creazione ha una facilità estrema, che ricorda, sotto questo aspetto, la facilità, quasi sorella dell'improvvisazione, di Victor Hugo. E come questi, egli ha sopra di sè, simile a una condanna, la minaccia dell'autoretorica, che pare quasi vendicare gli artisti incontentabili, come il Beethoven, di questa specie d'ingiustizia della natura. Per questo aspetto è pieno di significato la mesta invidia che Beethoven provava, vedendosi abbandonato dal leggero e vano pubblico viennese per il gaio e spensierato Rossini.

L'intermezzo che divide l'opera in due parti diseguali è composto d'una specie di brevi strofi preludianti, e di una larga melodia ormai, e giustamente, famosa. Le due strofi sono di stile religioso, ma di una religiosità calda e sensuale che ci ricorda certe frasi della musica religiosa del Pergolese. Vi piange infatti la stessa melodiosa malinconia erotica del buon settecento napoletano, e queste due eleganti strofi, per essere religiose non cessano d'avere un aggraziato movimento di menuetto leggiadro. È curiosa anzi l'osservazione che oggi si potrebbe fare a tanta musica moderna da Wagner in giù: la confusione di tutti gli stili, o per meglio dire, l'uso profano di certe formule stilistiche in altri tempi adoprate con intenzione religiosa, o, viceversa, l'uso oggi religioso di formule in tempo lontanissimo profane. La musica religiosa del 700 ripresa dagli autori moderni, assume una significazione per lo più erotica. È una profanazione, nel cattivo senso della parola? o è il tardivo atto di giustizia, per cui vien svelato che quelle formulette erano molto più terrene che celestiali?

La larga melodia dei violini che forma la seconda parte dell'intermezzo, accompagnata internamente dall'organo, dimostra una volta di più la verità di quanto ho detto nell'introduzione, che la melodia mascagnana per essere esulata dalle gole umane nei meccanismi degli strumenti orchestrali, è pur sempre rimasta la vecchia melodia italiana, ultracantabile. E della vecchia melodia italiana ha tutto il fascino sensuale questa magnifica melodia d'una calda religiosità quasi erotica. Religiosità erotica, ho detto. Infatti qui non starò a dimostrare diffusamente come il sentimento religioso del Mascagni non cessi d'esser religioso per essere sensuale. Al sentimento religioso, come a tutti i sentimenti, non possiamo dar forme determinate ed esclusive, giacchè le sue concretizzazioni è naturale che si colorino delle infinite differenze che distinguono tra di loro le personalità artistiche. Così la religiosità d'un Michelangiolo è eroica, quella d'un Wagner mistica, quella ancora di un Pergolese sensuale quanto quella del Mascagni. E nella Bibbia lo stesso Dio del mito ebraico è come modificato dalla diversità dei caratteri dei profeti che lo cantano.

Ma la messa è terminata. Le campane squillano di nuovo «con onde e volate di suoni». La scena si riempie di popolo, che canta nella gran luce del mattino inoltrato, un coro allegro e leggero. Non ripeterò la difesa alla banalità squillante e argentina di questa scena popolare. Nè difenderò la gaiezza sprizzante e saltellante del brindisi. Giacchè chi non sente la bellezza di questa scena e di questo brindisi, non ha mai bevuto e ammirato sotto le pergole appena verzicanti dai tralci che rimettono, in certe graziose trattorie di campagna, il luccicore rosso del vino coronato di spuma rosea, al sole di primavera. In fondo in fondo i critici dovrebbero avere una possibilità quasi infinita di esperienze, che dovrebbero risorgere alla voce suggeritrice e rievocatrice dell'arte. Ma questa possibilità è troppo rara, perchè noi ci rassegnamo a sentire malmenare della musica anche bella, da critici troppo limitati e accecati da pregiudizi micidiali.

Alla interruzione dell'intermezzo e della bella scena popolare, succede più tragica e più feroce l'ultima ripresa del dramma. E il finale è perfetto in tutte le sue parti. Dalla sfida di Alfio al discorso sconclusionato di Turiddu, che sente in sè sorgere prepotente il rimorso per il male che ha fatto a Santuzza; dall'addio di Turiddu alla madre, d'una dolcezza che strazia, al murmure lontano del popolo che annuncia tumultuosamente l'uccisione di Turiddu; è un seguito di episodi che fanno uguagliare a questo finale la bellezza della romanza e del duetto di Santa e di Turiddu. Ma di tutti questi episodi, l'addio di Turiddu alla madre è forse tale da superare la bellezza non solo del resto del finale, ma ancora di tutta l'opera. Dopo la sfida di Alfio, la scena è rimasta vuota. Alla gaiezza e al clamore è successo un silenzio impicciato e quasi doloroso, quel senso di tristezza che generano le scenate popolari in mezzo a una bella festa. Tutti sono partiti lasciando Turiddu solo nella gran piazza piena di sole. È un momento d'ineffabile malinconia. Turiddu non sa come baciare, forse per l'ultima volta, la madre. E un breve intermezzo di violini tremolanti nel grande silenzio, s'espande rinforzando scendendo salendo diminuendo, come fa il vento, e come fanno i sentimenti umani fluttuando per i lor ciechi e irremeabili labirinti. Finchè Turiddu trova la scusa: ha bevuto troppo, ha bisogno di un poco d'aria libera; e fingendosi ubbriaco chiede alla madre la benedizione «come quel giorno che partì soldato». Questa frase è un nulla: eppure è un'evocazione sublime. Bisogna infatti sapere che cosa significhi per gli abitanti dei paesetti sperduti e lontani dai grandi centri la leva militare, quella ineluttabile chiamata che strappa alle madri e ai padri i figli per portarli, là, nelle contrade ignorate o sognate come piene di terribili pericoli, donde spesso non tornano più; bisogna intendere tutta la delicatezza di quell'immagine infinitamente triste. E nella musica c'è tanta semplicità, tanta giustezza di malinconia affettuosa, che volentieri noi porremmo questa scena tra le più grandi d'ogni teatro. Ma alla pietà filiale s'accoppia in Turiddu la compassione per Santuzza: ed egli prorompe allora in una spasimante frase: «Voi dovrete fare da madre a Santa!» La povera madre s'angustia; domanda il perchè di tali strane parole e del più strano tono. E tuttavia la musica non ha un momento di debolezza: è sempre d'una verità purissima, cristallina. Nessun ricordo di maniera intralcia nello spirito del musicista lo svolgersi della visione del dramma, sentito fino a farlo balzare ai nostri occhi e al nostro cuore come un momento di vera vita vissuta. Questa musica è perfetta creazione, e le parole e la situazione per esser rivissute intere nello spirito del Mascagni, sembrano esser create contemporaneamente colla musica. Anzi io posso sostituire all'empirico forse, una sicurezza assoluta. Giacchè in iscene come queste, anche i compositori che non creano nel tempo storico il libretto da loro stessi, ma lo chiedono ad altri, sono simili a coloro che, come Wagner, furono autori del libretto della musica. Infatti tanto gli uni che gli altri, creando l'opera musicale, dovettero rifondere in una nuova intuizione totale, l'antica intuizione poetica. Onde, che questa appartenesse ad un altro o a quell'altro particolar sè stesso, che è il sè del passato, ciò non conta, se tutte e due le intuizioni, e la propria e l'altrui, debbono essere rintuite e come rifuse in una sola dal compositore.

Riepilogando, la Cavalleria Rusticana è opera non di grande portata, ma schietta e piena di vita e di difetti simpatici da un capo all'altro. È un'opera giovane ed entusiastica; è un'opera plebea, certo inadeguata a rappresentare nella storia un vero e proprio momento spirituale dell'Italia. Piuttosto essa si riallaccia bene con quell'ordine di opere italiane e straniere, create, com'ebbe a dire uno degli interpreti più profondi dello spirito moderno, da coloro che, preclusi ai grandi orizzonti del pensiero dall'opaca muraglia del positivismo e del naturalismo, peccarono contro il pensiero. Se non che la posizione del Mascagni nel verismo e nel naturalismo è assai più complessa di quella di uno Zola e di Verga e merita di essere commentata ed esplicata, tanto più che da tale analisi potremo togliere i criteri onde dare un definitivo giudizio su quest'opera; un giudizio, cioè, che non annullando come, ripeto, troppi critici fanno, le sue indiscutibili bellezze, limiti la sfera in cui queste bellezze nacquero e vivono.

La Cavalleria si ricollega indubbiamente col grande movimento europeo del verismo. Senza entrare nella questione, per me ovvia, della possibilità del verismo nella musica, noterò subito come la Cavalleria sia opera del verismo più per virtù del libretto, che per bisogno della natura del musicista. È in questo che consiste la speciale posizione del Mascagni rispetto al verismo. La musica è stata finora, riguardo ai grandi movimenti della coltura europea e alle grandi correnti dell'arte, come un'arte di rifiuto. Le aspirazioni d'una nuova scuola allora solo penetrano nel mondo cinese dei musicisti, che abbiano compiuta la loro totale evoluzione e che questa evoluzione abbia già generato la sua rispettiva controrivoluzione. L'Italia aveva avuto già la violenta e feconda reazione letteraria al verismo zoliano e verghiano nello pseudoidealismo d'annunziano, pseudo in quanto attuato più come intenzione che come cosciente rivolta al positivismo; quando la reazione dei musicisti al melodramma victorughianoverdiano si modellava tardivamente sopra la reazione che all'arte victorughianoromantica già compivano in Francia i naturalisti, generando un'arte che doveva empire di nuovo sangue, benchè a preferenza plebeo, le vene flaccide della Musa Europea. La Cavalleria resulta dunque, rispetto agli ideali che l'hanno o sembra l'abbiano ispirata, un'opera in ritardo, e perciò, anche sotto quest'aspetto, inferiore alla storia, allo spirito che si svolge con continuo processo di autocreazione nel tempo; essa è un'estrema produzione del verismo, come il Mefistofele è una postrema produzione del romanticismo; sebbene nella Cavalleria noi potremmo trovare un verismo infinitamente meno rigoroso di quello dei naturalisti, che non ammettevano l'opera d'arte che come un documento scientificofotografico della vita umana. E non per il fatto che il Mascagni si sia reso piena coscienza dell'errore estetico del verismo; sibbene perchè il verismo mascagnano è un verismo da musicisti, un verismo (non voglio fare un calembour) a orecchio, da permettere perfino delle infiltrazioni wagneriane. Ora questa mia nota sul verismo della Cavalleria, non sarebbe che oziosa e meramente meccanica, se proprio questo carattere veristico non facesse assumere a quest'opera il valore, rispetto alla circoscritta operistica italiana, d'un sintomo di rinnovamento innegabilmente necessario, e, rispetto alla grande arte motivata dalle più alte necessità della storia umana, non le facesse assumere, contemporaneamente, il valore d'un'opera inutile perchè in ritardo . Ciò che ho detto sulla manchevole coltura del Mascagni, ha qui una nuova riprova. Sembra quasi che l'arte degli artisti come questo nostro, si contenga verso la grande arte degli artisti come Goethe e Beethoven, e Berlioz e Wagner, al modo stesso che l'immobile fondo del mare verso gli alti strati delle acque percorse da correnti e agitate da tempeste. Il movimento delle onde giunge, se vi giunge, in basso, quando già su in alto un nuovo movimento s'è manifestato. L'ambiente musicale assolutamente sterile di nuove idee, nate dal contatto diretto della vita libera e aereata dai vasti venti della coltura, si pasce quasi delle briciole che lascia cadere il sereno banchetto dei grandi spiriti. Da questa specie di vecchiaia precoce, di morte quasi direi necessaria e congenita alla nascita dell'opera, viene spiegato il senso di vuoto che cova sotto la Cavalleria. Certo la freschezza dello spirito del Mascagni c'incanta, e se noi giungiamo ad astrarre l'opera dal momento storico in cui siamo immersi, e ad assorbirci tutti nell'angusto cerchio della vita dello spirito italiano, quasi ci sentiamo spinti a proclamare la Cavalleria un capolavoro. Ma anche ammettendo, come io fo di buon grado, la fresca spontaneità di quest'opera contrastante con le bolse produzioni del falsissimo teatro melodrammatico italiano – un teatro che ci ha dato talora per buone delle putrefazioni romanticosentimentalistiche della forza d'una Gioconda del Ponchielli – il nostro spirito, se aperto a tutti i venti che agitano la storia contemporanea e alle voci dei suoi problemi spirituali, trova presto in quella freschezza la barriera della puerilità e dell'incoscienza, e in quella spontaneità – il limite cieco della futilità. Non siamo dinanzi a una di quelle opere che c'inquietano e ci fecondano, se non altro di contraddizioni, come qualche libro di Zola un tempo, e come il Pelléas di Debussy, oggi. Non sentiamo nella Cavalleria un bisogno ineluttabilmente nuovo, che prenda coscienza piena di sè e, come tale, abbia il diritto di esser chiamato una nuova conoscenza artistica, una vera nuova opera d'arte. La Cavalleria, se, ripeto, siamo pienamente coscienti del nostro spirito, ci fa l'effetto che fanno tutti i ritardi e le rifioriture fuori stagione nella storia. Stucca presto, anzi genera presto, invece di uno stato estetico nuovo, un sorriso oblioso. Oblioso, perchè ci dimentichiamo che è stata scritta, tosto che il grande sole della vera coltura adeguata alla pienezza cosciente dello spirito, ci ravvolge scaldandoci e illuminandoci del suo immenso splendore meridiano.

Così, tutto sommato e tenendo conto del valore di musicista popolare che ha il Mascagni, il vero senso che la Cavalleria ha nella storia generale dell'arte e quindi dello spirito umano, non è che quello d'indicare un rinnovamento popolare della linfa musicale nell'antichissimo tronco dell'arte italiana. E anche questo suo valore popolare non è da disprezzarsi. Giacchè si ricordi bene che il popolo è pur sempre il serbatoio delle forze vive d'una nazione, e che coloro i quali sembrano aver superato lo stato confuso e retorico della vita spirituale del popolo, in fondo in fondo non hanno fatto altro che dare una forma umana a ciò che dall'anima popolare veniva su come confuso gurgite di sentimenti. Ond'è che un vero grande musicista futuro non potrà dimenticarsi dell'opera di Pietro Mascagni, come non potrà dimenticarsi, pur riallacciandosi alla grande tradizione del 500600, di quelle di Verdi di Bellini e degli altri nostri compositori popolari. Riprendo qui una tesi che accennai nella prima parte di questo studio. Il linguaggio musicale italiano è continuato da quei sebben piccoli musicisti che, sotto altro aspetto, giustamente noi reputiamo come imbastarditori della grande arte italiana. Ma chi vorrà cantare italianamente dovrà avere le vecchie arie popolari in cuore. Che certo queste meno differiscono dalle antichissime nenie dei pastori preromani, di quello che da esse non differiscano, e comicamente, le musiche inutili degli intedescati e dei futuri d'Indysti e Debussysti.

II.

L'Amico Fritz e i Rantzau.

Che il buon Mascagni non fosse un verista pienamente iniziato nei dogmi della scuola naturalistica, ce lo dimostrano le due opere, che subito seguirono la Cavalleria. La prima di esse, l'Amico Fritz, sebben musicalmente possa rappresentare come la continuazione del giovanile furore melodico della Cavalleria, non ne rappresenta certo una continuazione dei presunti ideali veristici. Non starò a ripetere che quel verismo era dato alla Cavalleria dal caso puro e semplice; chè infatti il soggetto del Fritz ne è una conferma lampante, nulla essendo di più d'una di quelle farse un po' comiche un po' sentimentali, quali il Donizzetti specialmente ci diede nel suo delizioso Elisir d'amore e nel suo Don Pasquale, etc. Certo molto di nuovo e di diverso dal contenuto di quelle farse e delle affini c'è nel Fritz; chè elementi indubitatamente nuovi sono nella vita anche popolare della terza Italia. Un senso più immediato e appassionato della natura, una più profonda, a modo suo, intimità psicologica dei personaggi, e quella certa strana tristezza erotica, che se per un lato richiama alla memoria l'erotismo melanconico del settecento, per un altro è cosa tutta moderna e che, a ben guardare, si ricollega con quello stato ambiguo che fu chiamato – dai letterati, oh! non dai musicisti – neoromanticismo. Ma nella sostanza il drammetto del Fritz è ben diverso nel suo significato umano dalla tragedia della Cavalleria. Col Fritz il Mascagni è tornato, per non abbandonarli più, ai vecchi mannequins del teatro melodrammatico italiano. Questi personaggi non son mai come quelli della Cavalleria. Tra Suzel e Santuzza c'è lo stesso abisso che tra la vera poesia e la graziosa invenzione del romanzo ameno.

Musicalmente, ripeto, il Fritz è una continuazione dell'esplosività melodica della giovinezza musicale del Mascagni. Come noi vedremo a poco a poco, la scoperta della propria forma musicale dal Mascagni raggiunta nella Cavalleria, lo influenzò per il lungo periodo che va dalla Cavalleria all'Iris, nel quale spartito egli raggiunge la scoperta di un mondo di nuove formule stilistiche, quasi direi di un nuovo vocabolario personale, scoperta pur troppo resa vana, come è già dimostrato in altra parte, dal non essere generata di pari passo con la scoperta d'un nuovo contenuto maggiormente significativo. Pure tra il Fritz e le opere al Fritz posteriori, cioè i Rantzau, il Poema leopardiano e il Silvano (eccettuo il Ratcliff e lo Zanetto come opere, in cui il maestro ha potuto risentire con calore di vita l'espressione di quelle formule già sfruttate) corre un immenso divario: chè, rispetto alla pienezza espressiva della Cavalleria, quelle tre opere sono autoretorica nata dalla Cavalleria, mentre il Fritz è, come ho già detto, una continuazione della Cavalleria. Quindi, a parte la sciatteria di alcune sue parti, nel Fritz troviamo ancora delle cose incantevoli per freschezza e schiettezza. Il preludietto, l'aria di Suzel nel 1° atto, quasi tutto il 2° atto, la magnifica romanza «all'amore» di Fritz nel terzo atto e, pure nel terzo, il duo di Fritz con Suzel, meraviglioso per passione e forza drammatica, son tutti pezzi degni di stare accanto alle più belle ispirazioni della Cavalleria. Ma il pezzo che supera e abbuia tutta l'opera e che è tra le cose migliori del Mascagni, sebbene inutile rispetto all'opera in cui lo troviamo, è l'intermezzo. Consistente come quello della Cavalleria in una larga aria per violini incastonata tra accordi preludianti e accordi concludenti orchestrali, questo intermezzo esprime, quanto difficilmente la musica del Mascagni ha poi saputo ancora esprimerlo, la calda natura sensuale dell'autore. A quei critici a cui non piaccia e che non sentano in esso che un volgare raddoppio di violini, io non so fare altro che consigliare di essere inesauribili nelle loro esperienze di vita e d'arte, e di pensare che anche questa sensualità espansiva e sana, in cui par sentire «gorgogliar rosse le scaturigini della vita», è cosa troppo italiana, troppo popolare, troppo giovane, perchè si possa spiegare... a chi non l'ha provata nè sospettata, e a chi non ha dell'Italia che una concezione retoriconietzschiana. Ma chi ha conosciuto la semplicità della vita italiana lungo i litorali luminosi, nelle campagne armoniose di venti leggeri e di squilli di merli; chi ha penetrato il fascino carnale dei dialetti di certe sue città meridionali, dialetti che nelle loro movenze sembrano musica di Mascagni o di Bellini; chi dell'Italia sa tutto questo e ha intravisto (sorridendo dell'avvicinamento mostruoso) quanta parentela corra tra la più fresca e schietta poesia di un Gabriele D'Annunzio (Canto novo, III libro delle Laudi) e le dolci liriche di un Salvatore di Giacomo, e ha sospettato che le loro parole vivide di meridionalità sono intagliate nella stessa materia psichica di questi buoni musicisti italiani, che sembrano averci al posto dell'anima... della bella carne giovane e robusta; converrà con me che quest'intermezzo è vero, è bello, è italiano, e che anch'esso va messo tra quelle arie popolari, che il sereno grande compositore futuro dell'Italia dovrà avere nel cuore insieme con qualche altra cosa ancora degl'italiani, oggi purtroppo dimenticata: il Pensiero. Ma già, di coloro che questo intermezzo non comprenderebbero e irriderebbero, quanti hanno compreso le divine ariette di Pergolese, di Marcello, di Carissimi, di Vivaldi, di Arcangelo del Leuto etc. etc? quanti le hanno godute pienamente e non a traverso ridicole retoriche da salotto?

I Rantzau, invece, sono una delle opere peggiori del Mascagni; in esse trionfa quel modo compositivo o meglio costruttivo, che ho già chiamato autoretorica. Certo, non siamo ancora caduti nella ributtante sciatteria del Silvano, nè nello sforzo tronfio e inconcludente dell'Amica. Il maestro ha in quest'opera ancora tanta dignità in sè da non abbandonarsi a un'inerzia indifferente o a ricorrere a degli inganni ignobili di barocca sapienza orchestrale e drammatica. Ma, sebbene questa retorica sia innocente e quasi fanciullesca, cominciamo però a sentire nell'ingegno del maestro il serio bisogno di un rinnovamento di stile e di contenuto; aggiungasi il soggetto ben agro per un musicista monocorde come il Mascagni. Chè, invece dell'amore, ha in questo dramma il sopravvento l'odio; e il Mascagni, pur riuscendo fino ad un certo segno a far prevalere una tenue ispirazione erotica infinitamente più debole di quelle già avute nella Cavalleria e nell'Amico Fritz, non ha saputo che retoricamente creare il contrasto, l'atmosfera nemica a questo amore, l'odio. Ed è naturale; chè se il Mascagni può cantare l'odio erotico, l'odio della gelosia carnale, non saprà mai, perchè troppo complesso ed estraneo alla sua natura, cantare l'odio per cupidigia, l'odio nato fra due fratelli per colpa del danaro. Anche nella scena tra Alfio e Santuzza, chissà che ad otturare la ben facile vena mascagnana non abbiano contribuito ancora la situazione e il carattere di Alfio, che al Mascagni dev'essere apparsa se non incomprensibile, certo indifferente, non trattandosi in Alfio d'una rivolta al tradimento puramente erotico, sibbene della rivolta molto più fredda e austera, la rivolta al disonore. E anche da questa via ecco che noi torniamo al semplice centro del carattere mascagnano, a questa specie di sensualità di primitivo e di meridionale di quest'uomo che non capisce di tutti i sentimenti umani che quello più popolare di tutti, l'amore. E che altro di più, in fondo in fondo, hanno sentito i maggiori a lui Ariosto e D'Annunzio e gli spiriti affini?

III.

Il Ratcliff.

È la quarta opera del Mascagni. Apparsa tre anni dopo i Rantzau, era attesa come un'affermazione più importante e più nuova dell'ingegno del Mascagni. Ma l'opera, sebbene nella scelta del soggetto sembrasse accennare a un rinnovamento del contenuto mascagnano, non segna che un aspetto un po' diverso del contenuto già noto. Si aggiunga che, se quest'opera è infinitamente più significativa dei Rantzau, un fraintendimento della propria ispirazione da parte del maestro, ha fatto sì che l'opera al teatro appaia moltissimo meno bella e importante di quello che non sia nella realtà.

Il libretto, come ognun sa, non è che la traduzione discretamente sciatta che Andrea Maffei fece della tragedia romantica di Enrico Heine. Per quel che riguarda il poema heiniano, non è da dubitare che invece di una tragedia voluta bella e riuscita ridicola, si tratta di uno scherzo di buonissimo gusto. In un paese dove come nella Germania, il maggior tragico, lo Schiller, per imitare Shakespeare e i tragici greci produceva tragedie affatto indegne di stare allato ai sublimi modelli inglesi e greci, se non altro che per il fatto stesso che avevano bisogno di modelli per essere intese a dovere; niente di strano se l'inflessibile critico del cattivo gusto e dell'ingenuità tedesca abbia voluto contraffare ironicamente quel tipo d'arte con una tragedia in cui tutto l'arsenale dei luoghi comuni del teatro tedesco – luoghi comuni che si sono infiltrati discretamente anche nell'opera wagneriana – venisse a bella posta adoprato con mano umoristicamente prodiga. Del resto anche senza ricorrere all'ipotesi d'una cosciente satira dei falsi tragici tedeschi, chiunque abbia dimestichezza con lo spirito di Heine e con gli spiriti affini e fraterni, sa benissimo come certi loro stati d'anima, anche senza potersi chiamare umoristici, confinano con l'umorismo. C'era quasi in essi un'impotenza artistica – impotenza se noi teniamo fissa la mente alle più sublimi forme dell'arte – e un'amarezza ironica sempre pronta a zampillare, che facea lor volgere in un ridicolo doloroso anche ciò che pur avessero intrapreso come qualcosa di serio. Del quale stato d'anima angoscioso e pure accettato con serenità, non era esente, a me così pare, neppur lo stesso massimo Goethe.

Ma, com'ebbi già a dire altrove, Pietro Mascagni con la sua solita beata ingenuità ignorante poco si è occupato d'indagare il significato tortuoso e duplice del poema di Heine. Ha creduto così, alla buona, alle tirate umanitarie del socialistoide Ratcliff, s'è entusiasmato romanticamente alle apparizioni spettrali nelle foreste scozzesi alla Walter Scott, ha animato musicalmente l'inanimato contrasto erotico del protagonista; e ha creato, in mezzo alle brutture d'un'opera enfatica e volgare, una specie di nucleo musicale, d'un romanticismo schietto e simpatico, affine, sebben più grossolano, a quello di certe ballate di Chopin, di certi poemetti vittorughiani e di alcune concezioni wagneriane della prima maniera.

Ho detto: una specie di nucleo, e avrei dovuto dire addirittura un poema o una suite liricosinfonica. Giacchè se il Mascagni ha creduto di creare un'opera, a sua insaputa, credo, egli ha creato in mezzo alle costruzioni inutili di quattro atti che non riescono a star bene insieme, un centro vivo, un nucleo musicale a sé, che è quello che regge in piedi l'opera dinanzi al pubblico e che impedisce allo stesso di fischiare quest'opera, realmente, come opera, sbagliata. Ora l'ufficio della critica non deve esser sol quello di dimostrare l'inesistenza estetica di quella tale opera, in cui le parti belle non formino un organismo con tutto il resto dell'opera, ma da questo si distacchino come frammenti compiuti d'un edificio incompiuto. Vi sono casi, e il Ratcliff mascagnano è uno di questi, nei quali il compositore ha realmente visto qualcosa di vivo nel soggetto preso a trattare, ma è stato, per dir così, insofferente della forma impostagli dal libretto e ha composto qualcosa di formalmente diverso dalla ineffettuata attuazione dello schema dato dal libretto, anzi ha creato un organismo del tutto indipendente da questo schema. Chiunque infatti ascolti il Ratcliff a teatro, si accorgerà con meraviglia come da tutto il mare plumbeo dello spartito emergano e s'imprimano indelebili nella memoria alcuni pezzi, mentre di tutto il resto dell'opera non rimane in mente che una fluttuazione informe di recitativi e di fragori orchestrali. La ragione di ciò sta proprio in questo: che il vero Ratcliff di Mascagni consiste soltanto di quei pochi pezzi, è tutto in quei pochi pezzi. Sono essi, cioè, che ci danno l'immagine schiettamente romantica e per nulla umoristica che di questa strana storia s'è formato il maestro; sono essi che hanno diritto di chiamarsi una delle più ispirate cose del Mascagni; sono essi finalmente che la critica deve estrarre dall'inutile materia sonora in cui sono immersi e sperduti, onde render loro la giusta fisonomia.

Non sarà male, per spiegarmi meglio, illustrare l'esempio già citato del Vascello Fantasma. Chi conosce davvero quest'opera (ossia chi l'ha ripensata criticamente) non stenterà molto a convenire con me esser l'ouverture dell'opera e la ballata di Senta due pezzi bastanti da soli a esprimere tutta la leggenda bellissima del maledetto navigatore condannato in eterno a scorrere i mari del nord sul vascello misterioso. Infatti le numerose e prolisse scene, che s'aggruppano intorno a quel nucleo musicale, non sono che un'aggiunta inutile, una spiegazione che nulla dice di più di quel che già dissero col suo prodigioso impeto sinfonico l'ouverture e col suo fuoco sentimentale la ballata. La stessa cosa sarebbe avvenuto se da una Ballata di Chopin e servendosi di essa altri avesse svolto drammaticamente ciò che in essa è già stato svolto a sufficienza liricamente.

Ora lo stesso divario che corre tra l'ouverture e la ballata di Senta e il resto del Vascello Fantasma, corre pure tra i pezzi lirici del Ratcliff – i quali tra poco analizzeremo – e le scene che intorno ad essi s'aggruppano. La leggenda dei romanzeschi amori d'Eduardo Ratcliff e della Bella Elisa, ripetuti, quasi per legge d'atavismo, dai rispettivi figli Guglielmo e Maria, come può esser poesia di per sè stessa, cioè all'infuori della versione umoristica ricamatavi sopra dallo Heine, così può servire, ed ha servito, al Mascagni, di soggetto a un poema liricosinfonico da porsi accanto a quei leggendari poemi che sono l'ouverture e la ballata del Vascello Fantasma, le ballate di Chopin, e per passare dalla musica alla poesia, il Mazeppa di Victor Hugo, la Lénore di Burger etc. etc.

Il primo di questi pezzi lirici è il lungo preludio con cui si apre l'opera. Esso è una specie di ballata romantica ispirata all'antefatto della tragedia d'amore di poi svolta. Immaginiamoci una sfrenata fantasia d'amore di gelosia e di fatalità tragica, fantasia che sarà poi determinata verbalmente sulla fine del poema: per ora non se ne intende che il tono tragico e fantastico (adopro qui la parola fantasia nella sua accezione volgare di soprannaturale, irreale). Come tutte le ballate romantiche, questo preludio, interrotto dalla canzone fatale: «perchè rossa di sangue è la tua spada Eduardo?», canzone che nel poema ha il potere misterioso e ineluttabile che aveva nella tragedia greca l'oracolo, presenta i procedimenti ormai classici dell'arte romantica: i ritornelli, le ripetizioni etc. etc. E certo questi procedimenti sono venuti spontaneamente al Mascagni, che non è da credere ch'egli abbia una profonda conoscenza del folklore romantico e del romanticismo folkloristico.

Le scene che seguono il preludio, cioè il fidanzamento di Maria con Douglas, la descrizione che questi fa della vita londinese, il racconto, sempre dello stesso, del viaggio per la Scozia infestata dai masnadieri, sono e inutili nel dramma (naturalmente nel dramma preso sul serio; satiricamente sono allo Heine riuscite bellissime) e false musicalmente. Anzi non è qui senza ragione la autoretorica mascagnana; chè, dato lo sfondo leggendario del dramma, troppo grande è il salto dal carattere eroico di questa leggenda, e la realtà semiseria d'un buon fidanzamento che, a dir vero, d'eroico non ha che i costumi scozzesi dei personaggi. Per trovare una continuazione della leggenda lirica, occorre saltare a pie' pari tutti questi episodi inutili e leggere l'altra bella ballata che descrive, alla fine dell'atto, le uccisioni dei due fidanzati di Maria, tragico frutto della decisione irrevocabile che Guglielmo Ratcliff ha preso, di uccidere tutti i fidanzati della sua cara. Le parole heiniane sono qui più comiche che terribili. Un musicista che ne avesse penetrato l'intenzione satirica, avrebbe certo scritto per esse una finissima musica carica d'ironia. Ma il Mascagni, come sempre, non ha saputo che risentire senza doppi sensi una tragica vendetta d'amore e ha scritta una graziosa ballata in due vere e proprie parti o strofe ritornellate e tutte piene di quei richiami ed echi suggestivi, che sono come la musica della poesia romantica. Così alla melodia scorrevole narrativa, che descrive l'innamoramento di Ratcliff per Maria, succede, bene intonata, la descrizione della ricerca dello sposo mancante alla cerimonia nuziale. Ed è bello il glaciale fluttuar dell'orchestra sottolineante la scoperta del cadavere nella foresta a' piedi del Negro Sasso. Ed è pur bene intonato alla leggenda lo scoppio di fanfara eroica che alla fine della prima strofa echeggia all'offerta che del teschio del fidanzato fa Ratcliff a Maria. La seconda strofa della ballata, saggiamente abbreviata, ripete e nel fatto e nella musica le parti episodiche della prima. Certo non dico trattarsi qui d'una splendida ballata come quella di Senta o come una delle sublimi ballate di Chopin. Ma questa ballata mascagnana non sembrerà affatto brutta se se ne penetri il tono tutto popolaresco e l'ingenua spontaneità.

È facile trovare nel 2° atto, liberandolo dalle banalità poco spiritose dei briganti e dell'oste, banalità che ci ricordano, con minor schiettezza d'ispirazione, le scene zingaresche del Trovatore verdiano, e sfrondando la parte di Ratcliff dalle poco concrete effusioni socialistiche, il momento musicale che, continua il poema sui generis, in cui dico consistere il vero Ratcliff del Mascagni. È il racconto che, intrecciato di fantasticherie soprannaturali, Ratcliff fa del suo amore disperato per Maria. Questo pezzo, di gran lunga superiore alla ballata del 1° atto, comincia dalle parole «un lunatico eroe non mi devi suppor», e termina laddove ritorna in ballo la sciocca fantasmagoria dei masnadieri scozzesi (sottintendi, bella nello Heine). In questo lungo racconto s'incontrano bellezze tali da porre questo brano di musica accanto alla Cavalleria e all'Amico Fritz. Certo il significato del testo poetico – una morbosa passione inoculata atavisticamente nel sangue del protagonista – vien sopraffatto e quasi tramutato dalla sana vena erotica del Mascagni. Sicchè, lentamente, la mania dell'eroe romanzesco si converte nella solita rubiconda sensualità popolana del Mascagni. Il bellissimo motivo sulle parole: «quando fanciullo ancora» esprime, sì, qualcosa di misterioso, ma non è il cupo mistero soprannaturale del testo. Sibbene è il dolcissimo mistero dell'amore e del piacere carnale, che annega lo spirito e che, se gli impedisce di discernere nitidamente lo stato sentimentale in cui si trova, pur non lo acceca tanto da non concedergli una semivisione calda e quasi direi, se non fosse un controsenso, materiale. Del resto sappiam forse noi in certi nostri stati d'anima distinguere con precisione i gradi della insensibile scala per cui l'impressione sensuale si converte lentamente e per passaggi impreveduti, in intuizione, in percezione, in spiritualità insomma? Di tutti gli stati sentimentali ambigui e confusi, lo stato amoroso è il più crepuscolare. Lo spirito si contenta d'una penombra quasi incosciente, dileguata la quale, dileguerebbe anche la passione. È questa penombra il mistero dell'amore, e questo mistero si sente indefinibile e soave in tutto questo bellissimo racconto d'amore. Così ancora una volta trionfa nell'arte mascagnana, si tratti d'un soggetto veristico o romantico, l'amore, il solito amore sensuale, sano, fresco, senza complicazioni psicologiche: e la musica di questo pezzo è piena di baci, di rose, di luminose visioni di giardini verdi e solivi, di tutta quella natura serena e prettamente italiana che riempie della sua gran pace refrigerante la Cavalleria e l'Amico Fritz. Anche gli scoppi d'odio e i propositi di vendetta di Guglielmo, tentando di colorirsi delle reboanti esclamazioni romantiche, dove non suonano a vuoto, parlano dello stesso strazio carnale, dello stesso ribrezzo della gelosia carnale, che già ispirò la melodiosa Cavalleria Rusticana.

E ancor più bello e pieno di questo sensual mistero erotico è l'intermezzo orchestrale, che ci dà, abbattuta la selva vana di retorici monologhi che lo circonda fragorosamente, il terzo atto. Nel testo dovrebbe significare una visione che Guglielmo ha al Negro Sasso nel vasto orrore della selva sconvolta dalla tempesta, ferito per la prima volta dal terzo fidanzato di Maria. In realtà è un grande sogno d'amore: un sogno stanco e doloroso come la contemplazione d'un destino che, immutabile, contrasti un amore profondo. Dei tre intermezzi mascagnani, in Italia giustamente amatissimi, questo intermezzo è il più profondo. Qualunque sia il suo significato preciso nel dramma, esso è un altro di quei rari momenti di melodia assoluta in cui sembra concretarsi l'essenza stessa dell'anima d'un compositore. Non siamo qui dinanzi al canto d'amore aspro e selvaggio della zingaresca che forma l'intermezzo del Fritz, né dinanzi alla preghiera amorosamente singhiozzante dell'intermezzo della Cavalleria. Questo pezzo più lirico di tutti perchè più libero degli altri da qualunque contingenzialità del dramma, sembra metterci in comunicazione immediata con la personalità mascagnana. Ed è da questo intermezzo specialmente che io ho tratto le linee principali di codesta personalità, ed è in esso precipuamente che io ho notato il ritorno dell'anima italiana popolare alla malinconia erotica settecentesca. Infatti se il titolo (il sogno di Ratcliff) ci avverte dell'ufficio starei per dire simbolico, che nella mente del compositore ha preso questo divin sogno d'amore, nulla ci vieta di oltrepassare il simbolo e di cogliere in questo canto tutto crepuscolare, soffuso di voluttà armoniosa, la più intima essenza della personalità del compositore. Onde questa melodia semplicissima, sebbene saviamente orchestrata, si ricollega con le più schiette manifestazioni della nostra pittura e della nostra poesia.

Il preludietto del 4° atto è un pezzetto di musica di squisita leggiadria. Continua il poema descrivendo la festa nuziale. C'è in esso quello strano senso che infonde la musica d'una festa lontana. L'a solo del flauto è tutto quel che di più elegante possa produrre la fantasia del Mascagni. Nell'esecuzione dei pezzi staccati che io consiglio, questo pezzo interromperebbe graziosamente il tono grave dell'intermezzo e del racconto. Nè stonerebbe, giacchè il carattere fresco, ma pur sempre misterioso di questa musica di danza, si ricollegherebbe bene con il carattere misterioso della leggenda ratcliffiana.

Però, a dire che dopo questo preludietto, la suite di cui è dimostrata l'esistenza, sia proseguita nel quart'atto, sarebbe farsi troppo schiavi d'una teoria a danno della realtà. La suite si rompe, per verità, e il cattivo melodramma spegne nel compositore qualunque spunto di sincerità. Il quart'atto del Ratcliff, se se n'eccettua la ripetizione del primo preludio a cui è adattata l'esplicazione verbale dell'antefatto a tutto il dramma, è ammorbato dalla solita autoretorica così comune nel Mascagni. Anche il duetto tra Guglielmo e Maria è sforzato, inconcludente, anzi addirittura assorbito in altra e ben più bella concezione mascagnana, di cui non è un'eco, sibbene un primo abbozzo, come, a quel che ho sentito dire, è avvenuto di altri pezzi dell'opera; il duetto, cioè, tra Turiddu e Santuzza. Dunque, mi potrebbe obbiettare qualche malizioso, tutta la vostra teoria sul Ratcliff non diviene forse oziosa, se la suite o poema, che voi dite essere il nucleo di quest'opera, non è neppur compiuto? Niente affatto. La critica, intorno a questo spartito, che molti credono il capolavoro del maestro, non può far altro che dimostrare qual sia la sua vera vita, anche ad onta che tale suo modo di vita appaia qua e là interrotto da lacune, le quali spetterebbe al Mascagni, reso cosciente del suo lavoro, di riempire – dato e ammesso che gli artisti fossero così malleabili, da lasciarsi consigliare dalla critica – cosa che non fanno quasi mai e che, se ci pensi bene, è forse impossibile che riescano a fare.

IV.

Silvano, Zanetto e Poema leopardiano.

Il romanticismo del Ratcliff dopo il crudo verismo della Cavalleria e lo pseudoverismo del Fritz e dei Rantzau, può assumere il valore d'una prova luminosa della leggerezza artistica del Mascagni, prova che non viene infirmata dal fatto che il Ratcliff fu concepito avanti la Cavalleria, giacchè, ritornandoci sopra, il maestro ne riaffermava il contenuto, un contenuto ad ogni modo di significato infinitamente minore a quello della Cavalleria. Ciò che forma, si può dire, la personalità d'uno Schumann e d'uno Chopin, per non citare sempre i massimi, è l'unità e la continuità di svolgimento del loro contenuto, il quale, in costoro, sembra svilupparsi come la vita d'un organismo lentamente e ininterrottamente crescente su sè stesso. Lo concepite un Wagner che dopo aver creata la tetralogia scriva una Carmen? È assurdo e ridicolo insieme; chè creare non è solo avere delle lucide intuizioni, ma queste spontaneamente organare per via di assimilazioni ed eliminazioni, in un tutto assolutamente originale. In altre parole un compositore deve avere coscienza delle proprie forze e seguire la linea unica e diritta delle sue aspirazioni. Ora questa coscienza delle proprie forze o aspirazioni, o com'altro vogliasi chiamare il mondo d'un artista, è affatto embrionale nel Mascagni. Come i nostri ultimi operisti – Rossini, Donizzetti, Mercadante, Bellini, Verdi – anch'egli non sente ambizione superiore a quella di espandere fiotti di colori su qualunque disegno gli venga presentato. Questa minima ambizione raffaelliana – mi si perdoni, ma io scrivo quest'aggettivo contrapponendolo mentalmente a michelangiolesca – era quella per cui si tributavano maggiori lodi, per es., al Rossini; ma, se in un certo senso è vero che sopra innumeri soggetti il Rossini e il Mascagni trovan sempre qualcosa da dire, bisogna però vedere se questo qualcosa è detto ad hoc, o non è piuttosto un'improvvisazione simile, in parte, a un sonetto a rime obbligate.

Ora al punto in cui siam giunti del nostro studio, ci è lecito stabilire, contemplando la serie dei soggetti, già noti a noi, che hanno fornito al Mascagni l'occasione di cantare il più possibile, sotto un nuovo aspetto il limite dell'ingegno mascagnano. Noi non possiamo in fondo in fondo creder molto al romanticismo mascagnano per le stesse ragioni, anzi accresciute, per le quali abbiamo dubitato del verismo mascagnano. A una sola condizione noi vi potremmo credere, se l'abbandono del verismo per il suo mortale nemico il romanticismo, fosse stato causato da un pieno riconoscimento delle manchevolezze del verismo rispetto ai bisogni spirituali del Mascagni. Ma, in realtà, questa crisi potente e violenta nel maestro non è affatto avvenuta. Come già dimostrai l'indifferenza e forse l'incoscienza assoluta dello spirito del maestro verso il valore veristico della Cavalleria, così non ci vorrebbe molto a dimostrare una non meno incosciente indifferenza dell'interpretazione romantica della vita contenuta nella leggenda ratcliffiana. Siamo nel paese dove si canta senza sapere il perchè, diceva, credo, uno straniero a tempo della feconda polemica tra Gluckisti e Piccinnisti. E anche oggi Mascagni in linea retta italianamente discendente del Piccinni, non fa nulla di più che cantare senza sapere il perchè.

Continuiamo la nostra analisi.

La 1a rappresentazione del Silvano segue appena d'un mese quella del Ratcliff e questa nova opera di proporzioni più piccole dovrebb'essere un dramma marinaresco. Ma in realtà il mare in quest'opera, che è la più brutta delle opere del Mascagni, non è che un ridicolo mare di cartapesta, quale in certi teatri da burattini vien rappresentato con strisce di cartone dipinte e rumorosamente agitate con delle corde. Nè il dramma a cui serve di sfondo questo ridicolo oceano impagliato, ha il benchè minimo pregio drammatico. Si tratta d'un sanguinolento fattaccio recitato da fantocci senza nessuna intimità e ragion d'essere. La musica poi è un tale accozzo di frasucce o volgari o addirittura insignificanti, da non meritare quasi il conto d'esser analizzata. Il mare che pur è stato il benigno custode dell'adolescenza del maestro e a cui pur questi deve tanta salute di sangue e d'ispirazione, non gli ha dettato nessuna immagine viva. Come nel libretto il mare è un incolore luogo comune, così nella fusione del libretto e della musica esso rimane una vecchissima immagine ritmica e sonora, quale avrebbe potuto avere, sebben più fine, uno dei nostri buoni vecchi operisti sordi e ciechi a qualunque voce ed aspetto della natura. Neppure nel coro marinaresco del 2° atto, dove il maestro avrebbe potuto almeno darci qualche accento impregnato di sale come le tamerici salse della spiaggia dell'Antignano, egli sa ritenersi dal cadere in una fraseologia da borghese canzonetta napoletana. «Cantate la più bella marinaresca» esclama il coro; ma, ahimè, le note sembrano intendere proprio il contrario.

Ma quello che dà più malessere in quest'opera insignificante, ne è la vecchiezza delle modulazioni, l'insipidezza dell'armonia. C'è la falsa eloquenza dell'agile improvvisator di preludi pianistici per mettere in tono un coretto d'educande. Si osservino poi i recitativi. Essi non sono come nella Cavalleria e nel Fritz quasi la forma musicale che sorgendo ed espandendosi investe e beve le parole, assimilandosele. Essi son fatti come musicando pezzetto per pezzetto, parola per parola il libretto, onde resultano sconclusionati ed incerti. Gli spunti melodici poi riescono odiosi per la ricerca quasi a tentoni della frase che non vuol venire. L'autoretorica vi trionfa: son come frammenti di intuizioni precedenti legati alla meglio. Se mai il Silvano può avere un valore, sarà quello di aver dimostrato al Mascagni tutto il suo dovere di rinnovarsi. Ormai le belle formule melodiche della Cavalleria, gli universali fantastici del suo stile giovanile, non gli dicono più nulla, sono strizzati fino ad aver versato tutto il loro succo. Bisogna ch'egli cessi di strascicare dietro a sè i cadaveri d'una fraseologia che un giorno fu viva; bisogna che immergendosi in un silenzio fecondo, ritrovi nel suo segreto la sua limpida vena, che non s'è seccata, ma solo, non coltivata gelosamente, s'è perduta nel suolo.

Al soggetto sconciamente realistico del Silvano, segue con un nuovo sbalzo, un soggetto di squisita poesia: Zanetto o «Le passant» di F. Coppée. La dolce e intima scena che ne forma il contenuto a dir vero non era molto consona alla natura esteriore del Mascagni. Occorreva prima di tutto un librettista che non sbertucciasse il delizioso episodio con versi che non significano nulla – Cuore, c'è il dolore, tra il profumo e lo splendore – , e in secondo luogo occorreva un musicista di arte molto più evoluta e sinuosa di quello che non sia l'ingenuo e rozzo linguaggio mascagnano. Certo, se confrontiamo lo Zanetto al Silvano, ci accorgiamo subito che il fascino sentimentale del soggetto ha suscitato qualche fantasma vero nella inerte immaginazione del maestro. Il preludio, sebbene così poco intonato alla signorilità umoristica che dovrebbe avere un madrigale sussurrato in lontananza – siamo nel Rinascimento, a Firenze – ; la canzone di Zanetto sebbene così poco elegantemente trovadorica; l'appassionata e bell'aria «non andar da Silvia», sebbene anch'essa troppo plebea per sgorgare dall'anima d'una grande cortigiana fiorentina; sono brani di musica che invano si cercherebbe nel Silvano. Ma nel complesso l'opera è viziosa; il recitativo ne è povero, convenzionale, spesso pesante. Si aggiunga, a momenti, un cantabile indegno della penna d'uno scrittorucolo di romanze a base di sentimentalità da Scena illustrata. So che lo Zanetto ha esercitato un certo fascino sugli studenti intellettuali del tempo. Ma credo che essi, se non eran dei babbei, fossero più vellicati nella loro sentimentalità dall'idea del soggetto, che dall'attuazione mascagnana di quest'idea. La verità è che quest'idea non fu saputa incarnare. Convengo però che tra i libretti mascagnani lo Zanetto è l'unico che, accanto alla Cavalleria e a parte del Ratcliff, può significare qualcosa di poetico.

Mi resterebbe, avanti di passare all'Iris, di parlare del Poema leopardiano. Ma io chiedo venia ai lettori se per rispetto alla innocente gioventù della fresca melodia mascagnana, e per rispetto alla dignità della mia critica, io getto un velo pietoso su questo fallo di gioventù del Mascagni. Ho già troppo robustamente lineato il profilo di quest'arte, perchè ne debba ancora dimostrare l'indifferenza adolescentesca davanti alle altezze più pure e più formidabili dello spirito umano. Mascagni e Leopardi sono due spiriti che, avvicinati, fanno provare la vertigine; appartengono quasi a due mondi diversi. Credo che sarebbe un giochetto puerile dimostrare una cosa a cui tutti credono: che Mascagni non può capire nè quindi cantare Giacomo Leopardi. È possibile che Riccardo Strauss decadente fin nella midolla delle ossa, senta tutto il decadentismo raffinato ed astuto che già s'annida nel nietzschiano «Also sprach Zarathustra». Ma è impossibile che un fanciullo, un monello livornese possa comprendere il pensiero di Leopardi. Tutt'al più farà, come ha fatto Mascagni, un compito diligente sul tipo di quelli dal tema: ditemi che sentimenti vi suggerisce la tomba di Torquato Tasso, o qualche altra tomba o destino umano di cui si sia impadronita senza remissione la retorica scolastica.

V.

L'Iris.

Riccardo Wagner a proposito dell'opera italianizzante del Meyerbeer ci lasciò una deliziosa satira di tal sorta di melodramma commerciale, nel quale gli spettacoli naturali, i costumi esotici dei cori e dei personaggi, non stanno al dramma, come accidentalità necessarie; sibbene il dramma, l'azione intima dei personaggi, sta come canevaccio indifferentemente prescelto a motivare quelle esteriorità che diventano di massima importanza. Perchè Meyerbeer a un certo punto del Profeta fa sorgere il sole? non perchè ciò sia necessario al dramma, ma perchè fa più effetto. Perchè il Metastasio a volte metteva in Cina un'azione melodrammatica assolutamente anticinese? Perchè vestiti alla cinese era sicuro che i personaggi avrebbero fatto il doppio dell'effetto. Accade lo stesso per l'Iris? Ahimè! io non saprei negarlo; chè anche in questo io scorgo la filiazione diretta degli spartiti mascagnani dal passato più o meno prossimo del melodramma italiano e italianizzante. Vestire da mousmè le donne del coro e la protagonista; mettere per sfondo un paesaggio esotico di discutibile autenticità; chiamare Yoshiwara la vecchia europea maison de plaisir; insomma giapponesizzare tutto, dai capelli ai piedi dei personaggi e dalla cime dei monti alle bassure d'una fogna formicolante di cenciaiuoli che la scrutano con delle lampadine di... carta del Giappone; è certo una ricetta sicura per titillare la fantasia e gli occhi del pubblico, non che la vena del maestro. Infatti al Mascagni nessuna opera è venuta meglio orchestrata di questa, se per orchestrazione s'intenda l'agile saettìo impreveduto della bizzarria. Per ogni scena di quest'Iris tremola come un multivolo troll di astuta follìa. I colori orchestrali s'impastano con delicati e quasi direi fulminei contrasti; e ora scivolano glaciali e striati come pelle di serpi, e ora ondeggiano come nebbie leggermente iridate. Ogni tanto un'argentinità squillante e melodiosa scande il ritmo – ad altra parte l'esame dell'istrumentazione mascagnana, la quale possiam dire fin d'ora arricchita di tutti i modernismi più audaci della tecnica strumentale d'oltralpe – ; a volte piene sonorità orchestrali e corali prorompono e allargano i loro flutti pesanti, ma equilibrati. L'immaginazione del Mascagni è stata insomma meravigliosamente eccitata anzi sopreccitata dalla poesia nipponica, che l'Illica ha versato con mani prodighe, se non sapienti, nel suo libretto.

47

Ma un libretto in stile floreale – giapponese – d'annunziano, e uno sfoggio sia pur delizioso d'una ricchissima gamma orchestrale, non bastano a fare un'opera da mettere accanto alla Cavalleria rusticana. Tutt'al più testimonieranno d'un vero innamoramento del compositore per il soggetto che ha preso a trattare, ma non varranno a elevare l'Iris all'altezza di opera certificante una presa di possesso più audace e profonda della personalità dell'autore della Cavalleria. La ragion vera per cui l'Iris se non intera e perfetta come la Cavalleria, è pur sempre l'unica opera degna d'esser detta sorella di quella, è che per l'Iris noi potremmo ripeter la stessa esclamazione d'Osaka sulla giovinetta dormente: «non è mousmè leziosa di città – ordigno fatto per la voluttà – qui c'è l'anima!» Sì, ad onta del nipponismo teatrale, ad onta dei molti difetti, dei quali maggior di tutti lo pseudosimbolismo, in quest'opera c'è l'anima. L'ingenuità della innocentissima giovinetta sul cui corpo piccolo e perfetto passano vani i lubrìci tentacoli del piacere infecondo, si è fusa con la divina ingenuità della melodia mascagnana. Il 2° atto, che è il migliore di tutta l'opera, va posto accanto alla Cavalleria. Non credo affatto che il maestro sia stato pienamente cosciente della bellissima cosa che componeva, altrimenti avrebbe rigettato come spurio il simbolismo nipponico – solare che guasta e isterilisce la significazione umana di questo second'atto. Ma come per la Cavalleria una «fortunata concordanza di fattori storici ed estetici» condussero il Mascagni a creare un capolavoro quasi senza ch'egli se ne accorgesse, e cioè senza obbedire a quelle profonde aspirazioni che formano la vita intima ed austera dei grandi genî, così in questo second'atto la purezza dell'adolescenza d'Iris e della spensierata adolescenza della fantasia mascagnana si sono incontrate per caso e ne è risultato un capolavoro, così, per caso, come due adolescenti s'incontrano e si baciano senza sapere perchè. Capolavoro naturalmente, che come già ebbi a concludere per la Cavalleria, per questa mancanza d'una severa coscienza artistica, si rivela a uno sguardo più profondo e vasto come – un semicapolavoro.

Ho detto che il simbolismo è tra i peggiori difetti dell'opera. In realtà il simbolismo in arte, non esiste. Esso non è che una specie di astrazione che noi fabbrichiamo per impossessarci alla meglio d'un fatto che spesso si ripete o sembra ripetersi alla nostra analisi intellettualistica, nella grande arte: l'incarnazione artistica, cioè, d'un pensiero, di per sè stesso – e cioè se estratto dall'opera d'arte e ricreato logicamente – ripetibile in modi espressivi innumerevoli. Simbolica si può intellettualisticamente chiamare l'arte del 2° Faust o della tetralogia wagneriana. Ma se noi paragoniamo il simbolismo dell'Iris al simbolismo delle sunnominate opere (prego i lettori di non riderne troppo) ci accorgiamo presto che l'Illica e per conseguenza il Mascagni ha adoprato tale concetto intellettualistico come concreto, ed ha applicato il simbolismo al suo dramma volontariamente, esternamente, più per seguire volente una moda, che per obbedire, al di qua da qualunque regola e metodo, a un bisogno del proprio spirito. Perchè infatti, in fondo in fondo, sotto al velame dei versi e degli accordi strani, qual profondo pensiero troviamo espresso dal simbolo? Che il sole è il maestro delle opere e delle passioni umane, e che se l'egoismo degli uomini spinse alla rovina materiale (non mi pare morale, il che sarebbe stato ben peggio) la piccioletta Iris, la Natura (con l'N grande) corrompendone il cadavere sotto l'azione vivificante del sole genera da tale corruzione una nuova vita, cioè fiori e fiori e fiori. Dio mio! valeva proprio la pena di scomodare l'olimpico simbolismo per dimostrare che anche il corpo d'Iris diviene dopo tante vicissitudini dolorose del concime chimico? Giacchè, come ognun vede, nel simbolismo dell'Iris è lo stesso male di tanto simbolismo d'annunziano (potrei dir moderno, e anche maeterlinkiano, se non mi premesse dimostrarne l'esistenza italiana); far cascare dall'alto una verità vecchia, e cioè, una verità superata, come quelle del positivismo, che s'annidano e echeggiano in tanta arte moderna, nuova come sentimento, vecchia come credenza.

Così anche il simbolismo dell'Iris va messo accanto al suo nipponismo letterario. Esso non ha un valore molto diverso dalle vesti cinesi dei personaggi melodrammatici metastasiani. Ho detto che è un simbolismo di moda. E sotto quest'aspetto noi potremmo notare che il Mascagni segue la scuola italiana e l'orma del Verdi, che emerse in ciò, nel seguire – come molti critici hanno detto quasi una lode enorme – il volubile e mutevole gusto del pubblico; sebbene ciò, per giustizia, sia vero e non sia vero.

Ma come non credemmo al verismo e al romanticismo, così neppur crediamo al simbolismo mascagnano. Infatti la composizione, di poco distante dell'Iris, delle Maschere e dell'Amica, ci conferma pienamente nella nostra opinione. Nè starò a ripetere quel che dissi per la Cavalleria: che, cioè, anche questo simbolismo è uno dei tanti tardivi contraccolpi, che i movimenti della grande vita artistica europea generano nei sostrati ciechi della vita cinese del mondo musicale. Si potrebbe osservare anche qui che al momento in cui l'ingegno del Mascagni, pronubo l'Illica, si sposava al vuoto simbolismo promulgato in Italia dal D'Annunzio, già nella stessa Italia era nata l'alba del giorno, che da quel simbolismo insincero, oltre che errato esteticamente, ci doveva redimere. Chè già dei giovani e forti critici attingevano dal pensiero di un nuovo filosofo di pura tradizione italianoalemanna, la piena coscienza dell'errore simbolistico e del falso pensiero che tale errore sceglieva per tramite di manifestazione. Ma figuriamoci se questo stato di cose lo poteva neppur sospettare – un musicista!

L'Iris, dunque, si apre simbolisticamente con un fragoroso inno al Sole. Esso è ispirato e retorico al tempo stesso. Retorico già ho detto perchè; ispirato, perchè nonostante la odiosa teatralità wagneriana del tema dell'aurora e del finale mefistofeliano, il motivo dei primi albori, e quindi il corale del sole è pieno di movimento e di fuoco. Mascagni, giunto alla virilità, ha ritrovato l'empito sano della sua bella melodia, di quella melodia chiara, docile, calda come il sole. E infatti qualcosa del sole, e non del freddo sole simbolico, ma del nostro bel sole tirreno che imbionda le nostre larghe città ondeggianti di bandiere sulle spiagge, nel mare, nelle pianure verdi, nelle pieghe delle montagne boschive, è in questo ampio canto melodioso e ben ritmato.

Cessati gli ultimi fragori orchestrali una timida melodia c'introduce nel minuscolo giardinetto d'Iris. È una serena mattina... giapponese? – no, italiana. I fiori devono avere un profumo così sano da mettere appetito. Lasciamo che Iris giovinetta folleggi con la sua bambola; facendo ciò, ella è leziosa come il nipponismo illichiano. Ecco Osaka e Kyoto che fanno un delizioso duettino. Osaka canta le lodi della propria voce in versi boursouflés e con una adorabile melodia scapigliata. Ma la sorpresa più affascinante è l'entrata delle mousmè – lavandaie. Oh! l'incantevole freschezza di questo coretto, a cui s'unisce la gaia voce mattutina di Iris che annaffia i suoi fiori e la monotona voce del cieco che prega! Veramente questa musica semplice, senza le smanie impressionistico – descrittive dello Strauss e del Debussy, è tutta, per virtù di miracolo, sapida di geranio e di cedrina bagnati, di borracina mèzza; una gioia agreste si spande per le sue modulazioni leggere, ed essa è fresca e scorrevole come le innumerevoli stille d'acqua che spillano dall'annaffiatoio d'Iris. L'errore della musica descrittiva in generale sta in ciò che in essa si tenta di cogliere volontariamente e quindi arbitrariamente alcune impressioni, la cui vera vita musicale non potrebbe essere altra che una sintesi spontanea di esse e, cioè, una vera trasformazione spirituale della sensazione materiale. Peccato che sulla fine del pezzo il tumido simbolismo dell'inno al sole rispunti guastando con la sua volgare convenzionalità tanta freschezza e semplicità!

Un suono curioso annuncia su di un ritmo saltellante la venuta del teatrino. Questa nuova scena, a dire il vero sempre sprizzante di trovate fantasiose, non è bella come la precedente. Vi sono anzi episodi triviali, come quello del dialogo del padre e della figlia da commedia e dell'ascensione al nirvana di costei: si trova in ispecie nell'episodio del nirvana un wagnerismo di seconda mano che non significa nulla. È al contrario bellissima la romanza di Ior. Il Mascagni della popolare Siciliana della Cavalleria in essa risuscita con nostra grande gioia. La danza delle guechas è forse musica troppo da operetta, tanto più che quel ritmo di valse è assai poco... giapponese. La scena finale dell'atto riesce simpatica per certe movenze melodiche schiette e persuasive, ma nel complesso è sforzata e pesante. Il Mascagni non sente profondamente, come avemmo già a notare, altri affetti che l'amore, e d'altronde le smanie del cieco per l'abbandono della figlia non hanno neppur nel libretto una chiara e intima motivazione, onde, al postutto, cieco e merciaioli pietosi convincono al riso più che alle lacrime. Se al posto del padre si fosse trovato un rivale, un fidanzato di Iris, noi forse avremmo potuto contare una bellezza di più nel teatro mascagnano. Amore, amore! il Mascagni non chiede di più per divenire eloquente e vero artista.

È perciò che il 2° atto gli è riuscito migliore degli altri. Non siamo qui, è vero, davanti a una tragedia d'amor plebeo, come per la Cavalleria; ma l'intimità dei due drammi è la stessa: la carne, il piacere sensuale. Se non che l'amore sensuale non è qui frenetico e feroce come nella Cavalleria. Esso s'è raffinato e, pur rimanendo sano, è divenuto quasi direi meno bestiale. A questa sensualità consueta, quali che sieno le sue modificazioni, in Mascagni, sembrerebbe contrastare l'innocenza di Iris; ma, immersa nell'aria di voluttà carnale che spira la sera dell'Yoshiwara, anche quest'innocenza diventa una specie di ingenuo eccitante alla sensualità. Buon per noi che sia il Mascagni a cantarci questo contrasto tra gli allettamenti egoistici d'un viveur annoiato e la pura ignoranza d'un'adolescente; chè se fosse stato invece uno Strauss, chi sa a quali ributtanti pervertimenti sadici ci toccava assistere.

Ma la musica mascagnana di tutto difetterà fuorchè di salute. La melodia che mugolano le guechas nella penombra calda che circonda Iris dormente, è incantevole per il buon aroma meridionale sano ed asciutto che contiene. È una nenia blanda, che fa sognare a non so quali ombre di giardini sonnolenti nelle canicole mediterranee. Come pure niente di sadico ha la melodia che sottolinea lo sguardo di voluttuoso desiderio con cui il leggero amore di Osaka fascia il sonno giovanile di Iris sotto il velo versicolore. E quali belle melodie espansive non sgorgano dalle labbra di Osaka ridivenuto, per un momento, veramente giovane dinanzi a tanta grazia d'adolescenza! Ma ben altro occhio e ben altro cuore ci vorrebbe per capire Iris; non un Osaka, il quale sospetta sì che in Iris ci sia un'anima, ma non arriva a misurare quanto bella e ingenua sia quest'anima, troppo avendolo da essa distanziato la continua infecondità del piacere. O forse piuttosto per capire la divina bontà di Iris ci vorrebbe la candida penetrazione d'un buon adolescente plebeo, che venisse a parlar con lei di soppiatto, dietro il giardinetto minuscolo, quando fosse giunto il tempo dell'amore e per l'uno e per l'altra. Ma per Iris il tempo d'amare non è giunto ancora. Sforzarla all'amore è una viltà di quelle, a cui la natura pone più che può le sue sacre barriere insormontabili. Iris così non capisce ciò che Osaka vuole, e risponde al giovane seduttore infantilmente, chiamandolo «figlio del Sole»; infantilmente si spaventa nella sua religiosità al nome che Osaka impudente si dà come un magnifico titolo: il piacere. Neppure capisce ciò che Osaka vuol da lei quando questi la bacia con lento allettamento. Anzi – e forse un presentimento confuso ha commosso le sue viscere di bambina – prova terrore del bacio e scoppia in pianto. E qui tutta l'aridità di Osaka e il suo leggero egoistico amore si palesano. Egli non vuol ritrosie neppure da parte di una giovinetta bella come Iris, e accetta infuriato il turpe proposito del tristo mezzano Kyoto di esporre la fanciulla al pubblico come una cortigiana.

La musica di tutte queste scene sembra a me molto bella. Se se ne tolgano certe leziosaggini massenettiane nella parte di Iris, è tutto un seguito di frasi ispirate limpide trascinanti, ben corrispondenti al flusso della situazione. Perfetta è poi, dopo il grido di Osaka: «sono il piacere» (di cui va ammirata la tortuosa successione delle due tredicesime maggiore e minore), l'ondulazione, come di un respiro ansante per paura, che forma il ritmo dell'aria della piovra. Forse questa improvvisa coscienza di Iris, sia pur suscitata dal ricordo d'un insegnamento religioso e superstizioso, del piacere, è un poco esagerata. Ma musicalmente poche volte il Mascagni era giunto a tanto tragica profondità.

Bellissima è poi tutta la fine dell'atto. I recitativi eleganti di Kyoto, impregnati d'un comico umorismo; le sue lubriche preparazioni; la dolce purità di Iris che canta con in braccio il fantoccio di Ior, la stessa romanza di Ior nell'atto primo; i rumori strani della città oziante nel crepuscolo; l'urlo d'ammirazione prorompente nella gente «dotta e ghiotta d'ogni cosa vaga e rara» alla vista del divin corpo seminudo di Iris, il fior di giaggiolo montanino che accende le cupidigie degli stanchi cittadini spargendo sopra di essi un fascino di acerbità casta; Osaka che alla vista dello spettacolo turpe non prova rimorso morale, bensì un volgare rimorso carnale; e finalmente l'arrivo del cieco, che invece di essere la risoluzione della terribile ansia di Iris, ne corona l'orrore con la maledizione infamante; e la piccola Iris, che ignara di tutto ciò che ha veduto come in un sogno pieno d'incubi e di dolcezze misteriose, non resiste alla maledizione paterna e s'uccide precipitandosi in un grande abisso «ove in fogna si sfoga la gran città», forse improvvisamente balenando alla sua breve coscienza l'infamia in cui è stata trascinata – è tutta una serie di rappresentazioni vive, rapide, colorite, in cui il Mascagni raggiunge di nuovo, come nella Cavalleria, la sua potenzialità di ingegno drammatico per eccellenza. E un fortissimo orchestrale, procedimento classico ormai dell'arte operistica Mascagnana, distende e quindi scioglie l'ansia delle scene dolorose a cui abbiamo assistito.

Ma, ahimè!, il dramma umano si disfà nell'onda torpida ed ambigua del simbolismo. Il 3° atto non è più poesia; è giuoco, giuoco vuoto dell'immaginazione sopra lo sterile sfoggio dei simboli vacui. Certo, se togliamo il preludio, spenta melodia inutilmente sorretta dalle risorse d'una strumentazione suggestiva nella sua acida stranezza, la scena dei cenciaioli e dell'a solo di Iris ha leggiadrie di forma e delicatezze di malinconie. Specialmente mi pare notevole per il suo schietto umorismo, contrastante, a dire il vero, con il solito carattere di fradicia poesia che hanno i simboli dell'Illica, la scena dei cenciaioli intercalata da quella deliziosa canzone alla luna, ove il Mascagni fa suoi e purifica certi raffinati procedimenti tonali dell'armonia dei decadenti moderni. E l'opera si chiude, mefistofelianamente, con la ripetizione dell'Inno al sole.

Non dunque la compiutezza della Cavalleria, sebbene, rispetto alle altre opere del Mascagni, l'Iris, anche nelle parti errate, sia da porsi accanto alla Cavalleria più del Ratcliff e dell'Amico Fritz; nè uno di quei raggiungimenti e possessi coscienti del proprio contenuto che facciano creare a un artista il capolavoro. Dalla Cavalleria all'Iris non è processo di crisi. La leggerezza degli intendimenti artistici ha semplicemente portato il Mascagni a ridarci con l'Iris un'opera più ispirata delle altre, ma non il capolavoro. Se non che mi si permetta che, giunto qui, io dica qual sia il valore che può avere per un ingegno della forza di quello mascagnano, il così detto capolavoro, l'espressione piena di se stesso. In realtà, relativamente alla potenzialità dell'arte del Mascagni, il capolavoro da lui non può nascere. Il musicista, nel senso che il Mascagni attua l'opera, come del resto l'attuarono i suoi fratelli maggiori e minori della tradizione italiana, non è da più, in fondo, di un affreschistaoperaio. Ch'egli abbia una personalità, nessuno anche all'affreschista vorrebbe negarlo, chè se mancasse di ciò come potrebbe avvenire che gli uomini lo chiamassero a preferenza di altri a istoriare vagamente i templi del loro gaudio e della loro obliosa gioia? La questione è che quella personalità non è autonoma, libera, piena di un mondo austero e necessario, che il compositore debba dire ai suoi simili; sibbene, ciò che distingue quella personalità da un'altra qualsiasi, non è poi molto diverso da ciò che distingue un paesaggio da un altro; un paesaggio bello e brutalmente incosciente, cui alcuni uomini per ragioni di esperienze particolari amano e altri per altre esperienze dispregiano. Ond'è che il capolavoro di Mascagni se potrà superare in piacevolezza e freschezza la Cavalleria e l'Iris, non ne potrà mai superare il carattere di casualità e quindi d'inutilità che ho già dimostrato in esse. «Siamo nel paese dove si canta senza sapere il perchè». E dove, aggiungerei io, ogni compositore colora tale tradizionalità di melodia, di colori personali diversi sì, ma dove nessuno dei compositori supera la tradizionalità cieca creando una forma nuova e piena di significati veramente storici. In fondo in fondo, sotto la profluvie delle melodie troviamo il vecchio motivo di tanta arte: divertire o adornare, non esprimere una conoscenza conquistata col sangue. O se mai questa conoscenza vi sia, e di necessità vi dev'essere, sia pure con un valore trascurabile, giacchè personalità in arte è autoconoscenza; tale conoscenza personale non è rivolta ad altro – che a divertire la gente.

VI.

Le Maschere e l'Amica.

Le Maschere dovevano essere nell'intenzione del librettista e del musicista una esumazione dei personaggi dell'antica commedia d'arte. Esumazione piena di significati poetici e musicali. Da parte del librettista era come una proposta di abbandonare «i nuovi e strani eroi» per tornare alla semplice e buona ingenuità della maschera settecentesca. Da parte del musicista era, oltre al far suo il proposito del librettista, abbandonarsi a tutta la sua spontanea italianità tornando alle forme classiche dell'opera buffa.

Il proponimento poteva anche esser bello; sebbene sia saggio notare che tutti questi ritorni all'antico sono pericolosissimi: giacchè, pur tralasciando il fatto che è molto dubbio un accordo intero tra il desiderio d'un artista (che, al modo che l'intende il Mascagni, è, in fondo in fondo, un servo del pubblico) di tornare al passato e l'anima del pubblico estranea ormai a questo passato; occorre per infondere una vita novella nei cadaveri che l'arte nel suo cammino infrenabile lascia dietro di sè, una ragione profonda nell'artista stesso che si accinge a tale resurrezione. Occorre che l'artista si trovi in un'opposizione violenta con i sentimenti e le convinzioni dell'ambiente che lo circonda; occorre che l'artista si senta più contemporaneo dei morti che dei vivi; occorre insomma che egli sia dotato di un senso storico squisito. Con questo non voglio dire che da fraintendimenti storici non sien nate opere insigni, ma bisogna vedere di quanto le condizioni dell'ambiente favorivano l'errore di ricostruzione.

Ora, oggi non siam più nel 400 in cui si potessero vestire nei quadri personaggi orientali con abiti occidentali. Oggi che un musicista come Wagner ci ha mostrato quanto bene anche con la musica potesse esser rievocato, con squisita precisione di senso storico, un tempo estraneo e lontano al Wagner e ai suoi contemporanei – in realtà, s'incolpa i musicisti moderni di wagnerismo; ma quanti hanno osato seguire le orme wagneriane nella sua mirabile coscienziosità di erudito! In altre parole: in un tempo, qual'è il nostro, in cui ogni uomo veramente colto è cittadino non solo di tutto il mondo, ma di tutta la storia a memoria d'uomo conosciuta; per una rievocazione settecentesca, quali dovrebbero esser le Maschere si esige ben altra preparazione lenta e paziente che quella che ha servito alla composizione delle Maschere . Infatti, possiamo affermare che tanto il librettista quanto il compositore hanno avuto un'idea che, come tutte le idee di questo mondo, potrebbe essere stata buona; ma l'hanno attuata servendosi di reminiscenze raffazzonate alla meglio qua e là, così come venivano alla memoria. Si tratta insomma d'una resurrezione delle gaie e graziose maschere italiane fatta a orecchio, dilettantescamente: anzi in alcuni punti suggerisce l'immagine che i dilettanti, i quali composero quest'opera buffa voluminosissima, non fossero altri che degli studenti o dei collegiali che, rubacchiando qua e là versi e motivi, avessero formato un buffonesco pasticcio per qualche rappresentazione di beneficenza nel teatrino del collegio o in qualche teatro ceduto gentilmente per l'occasione.

La questione è che Pietro Mascagni ha, come ormai deve apparir chiaro da quanto è scritto fin qui, un'italianità affatto spontanea. Egli non ci può dare un'opera di reazione ai nuovi e strani eroi immigrati dall'estero nell'arte italiana, in quanto che anche di fronte a questi nuovi e strani eroi – Iris, Amica, Ratcliff etc. – egli è rimasto indifferente, anzi assolutamente italiano; sicchè essi, i nuovi e strani eroi, metamorfosati dalla sua musica, acquistarono in grazia del Mascagni stesso pieno, sebben discutibile, diritto di cittadinanza italiana. Per correggere un difetto bisogna, anzitutto, averne intera e lucida coscienza. E il Mascagni ha tanta poca coscienza della initalianità di certi suoi personaggi, che, ripeto, aveva fatto come Verdi, aveva chiamato quasi tutti i suoi eroi dall'estero, se non addirittura dall'Estremo Oriente.

A Giosue Carducci, per ridestare la morta poesia italiana non malata a dir vero di troppo amore per la grande poesia d'oltr'alpe, ma se mai distrutta da una specie di vizio solitario per furor di se stessa, era bisognata un'intera vita di dignitoso dolore, onde finalmente riacquistar piena coscienza e dell'errore dell'ambiente letterario in cui egli viveva, e dei mezzi necessari alla sua nuova grand'arte italica. Dai Juvenilia alle ultime odi è tutta una serie ascensionale di tentativi più o meno felici che l'Omero dell'Italia risorta dovette fare per svincolarsi dalla retorica e salire alla gran luce paterna di Virgilio e di Dante. Finchè nelle Odi barbare, nel cui titolo appare il solito dignitoso dubbio di non esser riuscito a riconquistare la pura italianità per tanti anni cercata, ecco che Giosuè Carducci, trasfigurato come un profeta, può intonare sicuro il nuovo Carme secolare, l'ode Nell'annuale della fondazione di Roma.

Ora qual'ansia di ritornare alle più schiette sorgive italiane, all'italianità non melodrammatica, vana e retorica, come la letteratura da cui il Carducci seppe liberarsi integrandola nel suo immenso mondo poeticostorico, ma sacra come la pace bronzea dei grandi miti romani, nobilita l'opera del Mascagni? Egli nè ebbe fin dall'inizio del suo cammino, nè ritrovò cammin facendo, l'ideale d'un arte austeramente italiana, per cui dovesse combattere le forme ibride, ed aspirasse al ritorno d'una grandezza italica nella musica forse mai come nella poesia e nelle arti plastiche esistita, ma soltanto per un momento desiderata e cercata. Eppure la italianità del Mascagni io stesso mi sono adoprato a dimostrare, nonchè a cercare di rendere più tersa e più ammirevole. Ma nel risolvimento di questa apparente contradizione io trovo una conferma della natura popolaresca del Mascagni. Italiano è egli, anzi italiano più d'ogni altro compositore nostrano in questo momento. Ma la sua è italianità irriflessa, incosciente, e quindi incapace per la sua incoscienza stessa di trarre dall'ambiente l'urto necessario onde trovare sicuramente le grandi vie che riconducono alle culle della nostra razza e al genio che ad esse presiede.

Così al Mascagni era impossibile ridestare quella coscienza profonda dell'italianità che intraluce nelle formidabili creazioni di Dante, di Virgilio, di Carducci. Così le Maschere, opera inutilissima, sarebbe indegna ancora d'un'analisi, non potendo la critica abbassarsi alla considerazione d'un'opera in cui si sfiorano irriverentemente i problemi più sacri dell'arte italiana, e quindi della vita della nostra nazione, se quest'irriverenza stessa in fondo in fondo non fosse affatto irritante, ma ingenua e adorabile come certe inconsideratezze degli animi molto giovani, e se in quest'operetta da collegiale non ci fossero alcuni gioielli d'una purezza assolutamente italiana. Ho già detto, e non è male ripetere, che è pur troppo caratteristico del melodramma italiano ottocentesco il non curare affatto l'insieme dell'opera, ma le singole parti, anzi soltanto alcune delle singole parti, e ho già detto come nelle opere più sbagliate e incoerenti del Verdi del Bellini del Donizzetti del Rossini del Mercadante la critica deve fare una scelta rigorosa ma non implacabile dei pezzi che, estranei all'insieme, continuano, quasi con un egoismo indifferente, la tradizione del linguaggio musicale italiano. Questa scelta va pur fatta nelle Maschere, e noi siamo qui per salvare onestamente dalla condanna dello spartito la sinfonia il duetto d'amore e le due danze del 2° atto, ben esigua quantità date le proporzioni gigantesche della partitura, ma di tal qualità, che sarebbe ingiustizia estetica trascurare.

Chè, a dir vero, se il Mascagni avesse continuata l'opera con lo stesso tono con cui l'aveva incominciata nella sinfonia, le Maschere sarebbero riuscite una cosa assai bella. Questa sinfonia infatti vuol riprendere e riprende lo stile delle sinfonie rossiniane o mozartiane, o come più piaccia denominarle. Cosa in fondo non difficile a un musicista che molto ami la nostra musica antica. Però quello che dà una grazia simpatica a questa leggiadra sinfonia, è che i temi i contrappunti che servono a colmare il vecchio schema della sinfonia da opera buffa, son tutti profondamente mascagnani.

Così è delizioso il modo con cui alla pomposità del cominciamento rossiniano succedono gli episodi melodici e contrappuntistici di contenuto affatto moderno. Bella particolarmente riesce nell'episodio a ottavi ribattuti – more rossiniano – l'armonia acidulamente moderna con cui il disegno s'inalza e s'abbassa. E dolcissimo è il cantabile che intercala per tre volte, una delle quali melanconicamente in minore, gli scherzosi movimenti a crome. Che però questa sinfonia fosse purtroppo più fatta per un gioco piacevole e ben riuscito, che per una profonda intenzione di ripristinare le forme classiche secondo un raffinato metodo il quale avrebbe dovuto del pari essere applicato a tutta l'opera, lo dimostra il fatto che il maestro non ha saputo andar più oltre della sinfonia, il resto dell'opera non essendo moderato dalla grazia dei modelli che hanno ispirato la sinfonia.

Sono pure intonatissime le due danze: la pavana e la furlana. La prima è un lento movimento di gavotta a cui a suo tempo si sposano settecentescamente due sentimentali strofe del tenore. La grazia del ritmo, la delicatezza della melodia, la semplicità dei mezzi, fanno di questa danza un altro gioiello che il Mascagni ha donato alla nostra musica. Quest'arte della danza non barocca, non pervertita da intenzioni letterariodecadenti, ma schietta e fresca, è un segreto della musica italiana e francese e andrebbe conservato con gelosia. Il Mascagni ha per la danza semplice, amabile, senza sottintesi sadici o artifizi volgari, una vera disposizione. Si ricordi il leggiadrissimo preludio del 4° atto del Ratcliff descrivente la danza nuziale: si ricordi la danza delle guechas sebbene infinitamente inferiori alla danza nuziale del Ratcliff; e si ricordi più di tutto la meravigliosa monferrina dell'Amica, in cui sembra aleggiare lo spirito ingenuo ed elegante di Mozart.

La furlana è un gaio movimento di tarantella più comune e meno eletta nel suo svolgimento, ma pur sempre preziosa per l'italianissimo brio che la ritma.

Mi resta a parlare del duetto, sebbene di questa opera interamente fallita bisognerebbe notare ancora il dolcissimo cantabile di Rosaura e Florindo nel pezzo concertato che chiude il 1° atto.

Ma questo cantabile è una vera gemma sciupata dal contorno volgare e insipiente che la avviluppa quasi indistricabilmente.

Nè la prima parte del duetto in questione è molto al disopra di questo pezzo concertato, e non ne avrei certo parlato se la melodia che ne forma la 2a parte: – Colma di fiori incanti – è il mondo, eterna patria – e il prato ancora talamo – è di liberi amanti – non fosse un brano di musica dove il Mascagni raggiunge forse la più pura espressione del suo sentimento predominante se non addirittura l'unico: l'amore. Ho già detto che in Mascagni c'è quasi una estrema fioritura dell'erotismo sensuale e melanconico del 700. Questo rifiorimento, che per essere spontaneo, non ha a che vedere con la resurrezione riflessa della maschera italiana – resurrezione, come già osservammo, negata alla troppa ingenuità mascagnana – trova in questa melodia una espressione insuperabile. Una certa dignità di linea di ritmo di armonizzazione, una specie di puerilità leziosa che ci rende adorabili Florindo e Rosaura, i canori amanti rosei e paffuti che si sbaciucchiano come due colombi, avvicinano questa del Mascagni alle più dolci arie del 600 e dell'800. Forse al Mascagni non sarà concesso più di cantare con tanta voluttuosa castigatezza di modulazioni di melismi e di ritmo.

Con la castigatezza di questo duetto e con la semplicità scherzevole delle danze e della sinfonia contrastano violentemente le pesanti polifonie orchestrali e gli esagerati strillanti recitativi dell'Amica. Quest'opera era stata attesa rispetto all'Iris, come il Ratcliff rispetto alla Cavalleria e, cioè, come qualcosa di definitivo, di affermativo, nell'opera del Mascagni, che tutti, anche i critici più facili e proclivi alle lodi senza senso comune, sentivano mancare, quasi direi, d'equilibrio estetico. Ma infinitamente inferiore al Ratcliff, l'Amica non aggiunge nulla alle cose già dette dal Mascagni, se non se ne eccettui lo sforzo di dirle più forte e più pomposamente. Giacchè l'autoretorica dell'Amica differisce dall'autoretorica del Silvano, per esser questa quasi direi un'autoretorica accettata ingenuamente, quella una autoretorica, mi si perdoni il bisticcio, doppia e cioè voluta nascondere con lo sfoggio della bravura tecnica. Gli spunti melodici dell'Amica sono infatti, come quelli del Silvano, tutto quel che di trito di vecchio di stanco poteva produrre la fantasia del Mascagni in un momento di aridità. Ma a questa specie di retorica iniziale s'aggiunge una seconda retorica nello svolgimento di essi spunti.

Si prenda, ad esempio, nel 2° atto tutto lo squarcio finale dell'opera – l'a solo d'Amica e la sua morte. L'orchestra rugge una frase di nessun valore. Onde di suoni si modellano su linee d'architettura sonora di nessuna novità. Ma quale sfoggio di colori pesanti, wagneriani! Un cromatismo insopportabile, un'esasperazione continua dei sentimenti, in fondo anch'essi di nessun valore drammatico, dei personaggi, rendono il continuo ammassarsi delle parti strumentali ridicolo più che brutto. E il ridicolo raggiunge il colmo, quando Amica, che come tutte le ragazze, sian pure alpigiane, non peserà più, se ben portante, di 90 chili, precipita giù dalla roccia nel torrente con tal fragore di schlaginstrumente, da far credere che ruzzoli giù per la montagna non una giovinetta ma un battaglione intero d'artiglieria e, se più sembri opportuno essendo la scena sulle Alpi, l'armata ricca di cariaggi e d'elefanti, d'Annibal dirò.

Nell'Amica noi non riconosciamo più Mascagni. La sua cara e fresca sentimentalità s'è convertita in quella forma di teatral volgarità di sentimento che, come osservai nella prima parte di questo lavoro, forma la delizia della vita intellettuale della plebe e dei piccoli borghesi. Diciamo francamente che nessuna cosa al mondo, sotto questo aspetto, meritava l'onore di essere spedita all'esposizione del cattivo gusto come l'aria: più presso al ciel – più lontan dalla terra, aria che fa fremere di ribellione alle mamme e ai babbi i buoni fidanzati al cui sospirato matrimonio l'accorgimento pratico dei parenti oppone la magrezza dello stipendio guadagnato alle vie ferrate.

RIPROVE E CONCLUSIONI.

L'ORCHESTRATORE.

Non è ancor stata fatta, se non parzialmente e con intenti per lo più erronei, una storia dell'orchestrazione dalle origini alla presente fortuna, che, nel concepimento della musica europea, ha l'uso dei multipli colori strumentali. Ed essa potrebbe farsi, e sarebbe utile, ad un sol patto: di non fare un'astratta storia naturalistica delle varie tecniche orchestrali quali sembrano essersi svolte nel tempo; sibbene tenendo dinanzi alla coscienza, che svellere l'atto dell'orchestrare dall'interezza dell'atto creativo torna a mutilare intellettualisticamente l'unità totale dell'atto creativo; onde unica storia dell'orchestrazione potrebbe esser quella, in cui proiettassimo continuamente sulla serie degli elementi astratti da noi ammassati in ordine cronologico le luci delle individualità or massime or grandi or mediocri. Per spiegarmi meglio citerò la possibile storia della versificazione italiana, storia nella quale andrebbe dimostrato – come nel 200300 il verso italiano ebbe agilità acerba e spontanea perfezione non più di poi raggiunte, essendo allora immediata e primitiva davanti alla natura l'anima dei poeti grandi e dei popolari – come col Petrarca e col Boccaccio incominciano i preludi dell'umanismo e i sintomi dello sfiorire del giovanissimo verso italiano mancando nei poeti al Petrarca posteriori «l'insuperabile pregio dei poeti primitivi che deriva dall'aver essi fortemente sentito e trasmesso ne' versi l'effetto prodotto nella lor fantasia dallo spettacolo della natura», ed accadendo, al contrario, che quei poeti postpetrarcheschi (eccettuato, a suo modo, l'Ariosto), «pigliarono per modello non la natura, sibbene i primitivi esemplari, sui quali le osservazioni dei filosofi stabilirono certe regole, e gli artefici si obbligarono di seguirle. Così la Poesia, che non è se non una facoltà naturale, si ridusse ad un'arte». E in tale storia della versificazione avremmo le riprove – che l'Ariosto fu l'unico che avesse avuto una musicalità di verso originale, sebbene ormai ben lontana dalla freschezza del verso trecentesco, predominando anche in lui «l'imitazione dell'imitazione» – e che la retorica trionfò nella massima parte dei nostri poeti «che fiorivano senza frutto; si confondevano coi mediocri; scrivevano gli uni per gli altri e non per l'Italia». Finchè preceduta dai solitari (Leopardi) e dai profeti (Foscolo) non nacque l'arte del Carducci e l'arte in gran parte nuova e schietta dei presenti poeti: nei quali a riprova della rinascita della poesia italiana sta l'originalità assoluta del verso non barocco, non stantio, ma vibrante di nuova spontanea armonia. La stessa storia andrebbe fatta per l'orchestrazione in termini infinitamente più vasti; chè se la musica ha consuetudini e tradizionalità d'espressione in ogni paese, come la poesia, onde si formano singolarità di linguaggio etnico, riconoscibili dagli esperti a colpo sicuro; essa è però, a differenza della poesia, di sua natura più universale, per lo che non potrebbesi fare una storia dell'orchestrazione italiana al modo stesso che la si può fare della versificazione italiana. Senza far qui una traccia storica dell'orchestrazione (nella quale dovrebbe rientrare di necessità la quasi incalcolabile produzione dell'arte corale, nonchè la strumentale dei singoli strumenti che precedette separò accompagnò lo sviluppo della moderna sinfonistica), osserverò come, al punto cui oggi siamo giunti, l'orchestrazione derivi in ogni paese dalle massime correnti orchestrali tedesche del 700800. Una lunga epoca di preparazione punteggiata per così dire dalle magnifiche conclusioni di Haydn e di Mozart, mette foce nella perfetta arte sinfonica beethoveniana. Beethoven, come psicologicamente rappresenta uno dei momenti massimi dell'umanità, il grande ricorso storico del romanticismo, considerato dal punto di vista dell'orchestrazione, quivi pur rappresenta uno dei culmini della musica. È opinione, più risibile che volgare, oggi, in cui tanto si fraintende il valore estetico dell'immenso spirito beethoveniano, di tanto l'umanità presente è lontana da quell'austera forza di sentimento e di pensiero; è opinione, dico, che Wagner superasse tutto il passato nell'arte dell'istrumentare e che oggi anzi accenni a superar Wagner istesso il decadente Riccardo II. E non si comprende come, rispetto alla perfezione di Beethoven, si commetta lo stesso errore grossolano che se si affermasse il Petrarca il Tasso l'Ariosto superar nell'arte del verso la perfezione naturale di Dante. Poichè, in realtà, a chi conscio dei valori morali d'un'epoca non si lasci abbagliare dalle funambolesche bravure tecniche degli artisti, che in tale valutazione critica riescono minori o addirittura distrutti, la sinfonistica dei postbeethoveniani non può non apparire quale una continua decadenza formale, per essere appunto generata da una sempre crescente degenerazione e corruzione del perfetto contenuto romantico che, a parer mio, raggiunse nell'opera beethoveniana la sua plenitudine espressiva. Or questa degenerazione di contenuto, è anche, sotto un certo aspetto, discendenza formale e in questa discendenza e derivazione noi possiamo cogliere diverse correnti, le quali più o meno si ricollegano all'orchestrica beethoveniana. Sembra quasi l'arte strumentale di Beethoven come un frutto che giunto a maturità s'apra lasciando irraggiare intorno a sé la fecondità innumerevole del seme. La principale corrente che nacque dalla nona sinfonia dalla Missa solemnis dalla 5a dalla 3a dalle ultime sonate dagli ultimi quartetti e dal resto delle composizioni beethoveniane, è la corrente wagneriana. Potente e violento artista, Wagner trasformò più di tutti i componenti la famiglia dei postbeethoveniani, il patrimonio lasciato dal padre. Ma come non era nel contenuto di Wagner la perfetta ragion storica d'essere e di incarnarsi nella forma più sana, che era invece in Beethoven, Wagner invece superò tutti nell'opera di corruzione . Al modo stesso che egli non seppe dire agli uomini la serena parola d'un dolore moralmente sublime, ma meglio non seppe fare che spingere gli agitati romantici fratelli che lo circondavano all'apostolico rifugio d'un misticismo in piena contradizione con le aspirazioni più pure dello spirito che anima la pienezza della storia moderna; egli neppur potè trattenersi dal cadere nell'errore in cui precipitano tutti coloro, che lavorano su di un contenuto contradittorio: l'esagerazione, la tronfiezza, la «furibonda enfase sonora». Onde oggi la molta anzi ormai incalcolabile oziosità e falsità dei ripieghi e dei farmachi con cui tenta medicarsi l'anima moderna dalla «corrottissima decrepitezza della civiltà», trova nel wagnerismo il sistema migliore d'orchestrazione che ci sia . E Riccardo Strauss non prova fatica a immergere nelle forme mistiche del politemismo wagneriano il sadico contenuto d'una Salomè e d'una Ellettra; nè Claudio Debussy a immergere in quelle forme, modificate da uno spasmodico e impotente bisogno d'originalità, la «fatuità» del misticismo maeterlinckiano. Ma la frantumazione della tecnica beethoveniana, accanto alla corrente wagneriana, produsse, minore e men facile ad essere seguita, anche perchè più sincera e meno consona al gusto di frenetica violenza che impera nell'arte moderna, un'altra corrente: la corrente schumanniana. Non meno ricca di elementi di degenerazione e di decadenza, l'arte dello Schumann dalla severa virilità beethoveniana si allontana non allo stesso modo con cui vi si allontana l'arte wagneriana. Se questa trova lo specifico per la guarigione a un'ansia da nevrastenici nel misticismo, quella trova non uno specifico, sibbene, e più naturalmente, un'accettazione ironica sentimentale di tale ansia nell'umorismo. Il movente è lo stesso: l'insofferenza d'una vita resa insopportabile da una mancanza di vera moralità che ne razionalizzi eroicamente le feroci contorsioni contradittorie. Ma Wagner ci insegna misticamente che bisogna dissolversi nella contemplazione del mistero, lo Schumann, in fondo in fondo, si comporta dinanzi alla «corrottissima decrepitezza» della sua povera vita come, certo con maggiore ingegno, Heine. In che si distinguono queste due correnti tecniche dell'orchestrica e moderna? Non mi è in animo sprecare spazio e tempo per un'analisi che riuscirebbe poi incompleta, occorrendo a tale genere di ricerche e di confronti volumi interi e preparazioni laboriose. Mi limiterò a suggerire a chi non abbia mai pensato un simile confronto, come la tecnica wagneriana differisca dalla tecnica schumanniana nell'essere – la prima frutto d'un rigido complicato sistema e quindi nel resultato poco elastica e monotona; – la seconda molto più libera snella e leggiera. Nella prima agiscono come personaggi, o meglio come simboli gli strumenti; nella seconda gli strumenti non hanno valore solitario nè tanto meno simbolico, ma sono, per dir così, senza individualità contribuendo quasi con ufficio di coro a sottolineare a colorire a registrare come i timbri d'un organo lo svolgimento delle idee. Quella di Schumann sembra apparentemente un'orchestrazione più astratta e quella di Wagner più concreta, ma in realtà le parti vanno invertite. Wagner, laddove l'ispirazione non lo trascini e non gli gonfi – non so dir meglio – le forme che come vuoti canali egli scava fabbricandole sempre sullo stesso schema, è un raziocinatore, un critico filologo che ha imposte alla musica drammatica le regole scoperte da' glottologi nell'organismo delle lingue. Lo Schumann è invece più immediato più intimo più casto. Wagner, ripeto, ha violentata, innestandovi anche la tradizione bachiana, la nitida orchestrazione beethoveniana. Lo Schumann è rimasto più vicino e più fedele al tipo puro di quell'orchestrazione. Si confrontino infatti le partiture d'una sinfonia di Beethoven e di Schumann con quelle degli atti d'uno spartito wagneriano dal Rheingold in giù: si vedrà chiaramente che ciò che differenzia Beethoven da Wagner differenzia quasi allo stesso modo Schumann da Wagner. Una conferma storica della maggior purezza di tradizioni orchestrali nello Schumann piuttosto che in Wagner la troviamo nel beethovenismo per lo più retorico, ma significantissimo al caso nostro, dell'epigono di Beethoven e anche di Schumann, il Brahms. Come molti compositori moderni, eccettuato lo Strauss despoticamente dominato da Wagner – Claude Debussy, natura più latinamente armoniosa, risente l'influenza e wagneriana e schumanniana, questa quasi come reattivo a quella – Pietro Mascagni porta nella sua tecnica sinfonica le traccie della nova rivoluzionaria tradizione wagneriana e della più classica tradizione schumanniana-beethoveniana . Nonostante che pur su di lui Wagner estenda la sua «cappa di piombo», come è stato giustamente detto, del Wagner egli poteva assimilare timbri, impasti, e ricette d'effetti, ma non poteva per sua natura italianissima, prender ciò che forma l'essenza del wagnerismo, il sistema glottologico dei leitmotive. Onde, come già dicemmo per il simbolismo, per il romanticismo, per il verismo del Mascagni, anche il suo stilistico wagnerismo è «a orecchio» e spesso si riduce una verniciatura che potrebbe esser scrostata senza danno di sulla musica, laddove certo non ne abbia intaccata la vita stessa, riducendola a mero sforzo retorico, come accade per l'Amica. Al contrario era facilissimo al Mascagni rivivere la tradizione classica – d'una orchestrazione cioè di chiara e semplice struttura – tramandata attraverso Haydn Mozart Beethoven Schumann Berlioz Brahms fino al recente Giuseppe Verdi. E infatti non è il Mascagni un figlio somigliantissimo del nostro buon Verdi che nell'Otello e nel Falstaff raggiunge la stessa squisita parsimonia e modernità di mezzi estranei al sistema wagneriano, che si ammira nell'istrumentazione delicatissima dello Schumann? E non è alla fin delle fini, questo tipo classico d'orchestrazione estraneo al tipo wagneriano, di origine, se non di perfezionamento, latina? La perspicua chiarezza dell'orchestrica beethoveniana non si avvicina più alla limpidità mediterranea , che al goticismo misterioso dell'arte nordica? Ed ecco che anche sotto il punto di vista della orchestrazione, veniamo ad avere una conferma di quanto dicemmo sulla italianità incosciente di Pietro Mascagni. Italianamente egli orchestra le sue fresche danze e i preludi e gli intermezzi (perfetta è la strumentazione della Monferrina nell'Amica, della Sinfonia delle Maschere etc.); italianamente egli colora la base su cui si svolge il fregio nitidissimo della sua bella melodia italiana; ma la sua coscienza critica – e meglio sarebbe dire estetica, che gli artisti non hanno coscienza critica che a un grado quasi direi pragmatistico – non è mai giunta a rappresentarsi con chiarezza i cammini che si dovevano seguire per creare, se non di più, almeno un'opera come l'Otello del Verdi. Il Mascagni così non ha saputo espungere dalla sua orchestrica la retorica wagneriana, inconciliabile nemica alla semplicità virgiliana della nostra più grande arte. Non ha saputo riattaccarsi con vigore all'unica tradizione a cui spetti il diritto di generare la tecnica strumentale della nostra musica – la tradizione beethovenianaschumanniana. C'è in lui spontaneo questo bisogno, ma è un bisogno spesso non compreso, quindi mal soddisfatto, anzi addirittura calpestato per gettarsi in una polifonia tronfia e vana, mancando in essa la sua ragion prima, un pensiero o se non altro una pensosità, un pensiero latente. Le ramificazioni aggrovigliate dello sviluppo tematico nel Tristano e Isotta sono, per dir così, tutte intrecciate alla trama complessissima d'un pensiero che ne vivifica l'astruso labirinto. Ma se i temi del sole e dell'aurora si ripercuotono com'echi sordi per la partitura dell'Iris, nessuno dubiterà che quelle ripetizioni wagneriane non sieno un artificio esteriore, tutt'al più pittoricodescrittivo. Mentre quando il Mascagni svolge una fresca melodia, quasi con le semplici arti innocenti di un Mozart – non c'inganni l'accresciuta tavolozza orchestrale, che il Mascagni ha riempito di colori fisicamente più abbaglianti di quelli mozartiani – allora solo noi sentiamo che la sua tecnica orchestrale raggiunge la sua giusta misura .

L'ARMONIZZATORE.

Se nel disegno del precedente capitolo sostituissimo al vocabolo orchestrazione il vocabolo armonizzazione, fatte le debite modificazioni noi verremmo ad avere il capitolo che ora debbo scrivere. Infatti, dato che nella considerazione astratta degli elementi tecnici d'un'arte, in fondo in fondo, ciò che noi contempliamo, è il valore estetico, la personalità, il contenuto lirico, etc – di un autore o della serie degli autori; studiando l'armonizzazione p. es. di Mozart, anche il più arido didatta d'armonia non saprebbe scinderla dal valore espressivo che essa ha nella sua concreta coesistenza estetica con il contenuto. Onde ciò che dissi intorno ad una possibile e per ora mancante storia della orchestrazione, potrebbe ripetersi per una altrettanto possibile che mancante storia dell'armonia. Non che storie di tale mezzo tecnico dell'espressione musicale – chiamato, assai ingiustamente scienza, e confusa così con l'acustica colla quale non ha pur minimamente a che fare – non manchino. Anche la musica ha i suoi glottologi. Ma essi – gli armonisti – sono più vicini ai catalogatori di voci per vocabolari, che a veri e propri glottologi consci che la trasformazione del segno non va staccata dalla trasformazione del contenuto.

Come la tecnica strumentale, la tecnica armonica ha dunque una storia, che a rigore dovrebbe prendere i suoi inizi... dal canto del celeberrimo primo abitatore del paradiso terrestre, ammesso ch'egli cantasse. Ma noi ci rifaremo dai tempi molto più vicini e osserveremo come, facendo per comodo nostro incominciare il cromatismo, e cioè quell'astratta direzione armonica che oggi sembra predominare – predominio che potrebbesi distruggere, distruggendo la convenzionalità dell'astrazione – dal Monteverdi e dal Frescobaldi; questo cromatismo è oggi giunto al suo massimo sviluppo, anzi alla sua corruzione. Infatti il cromatismo passato attraverso quei punti d'arrivo che sono le opere di un Bach di un Haydn e di un Mozart giunse al suo più perfetto equilibrio col suo presunto nemico il diatonismo in Beethoven. Al solito dopo Beethoven noi troviamo il consueto fenomeno di frantumazione in generale e di biforcazione in particolare: e Riccardo Wagner crea una scuola armonica a sè della quale oggi sono seguaci volente lo Strauss, nolente, ma impotente a una ribellione non ispirata agli stessi principi che reggono l'odiato dispotismo, il Debussy; e lo Schumann crea un'altra scuola armonica infinitamente più prossima all'armonia beethoveniana. A questa scuola si avvicinano, incoscienti e per la forza stessa delle cose, gli italiani, nonchè molti francesi.

Tra i contemporanei Pietro Mascagni come armonizzatore appare quasi un diatonico. Infatti a differenza di Strauss e di Debussy – io cito sempre questi due compositori quali i più significativi della presente epoca di decadenza musicale – i quali hanno spinto il cromatismo, l'uno fino all'assurdo, l'altro alla perdita quasi completa (completa non è possibile umanamente) del senso tonale; unica grande radice dell'armonia come intuizione estetica contrapposta all'anarchico trastullarsi infecondo con i mezzi tecnici d'un'arte, divertimento prediletto degli alessandrini e di tutti i decadenti in generale; il Mascagni è ancora a quello stato di equilibrio quasi perfetto del cromatismo e del diatonismo, il quale equilibrio in fondo non significa altro che una nitidezza, dirò così, omerica dell'intuizione musicale. Occorre però, come già abbiam fatto per la orchestrazione, distinguere nell'armonizzazione mascagnana una traccia d'elementi spuri derivati in essa dall'eterna dominazione wagneriana; traccia che la sua già largamente dimostrata incoscienza estetica o critica, come la si voglia dire, ha impedito di eliminare dal suo bel limpido linguaggio italiano che sarebbe da tale purificazione risultato più terso e consono al contenuto.

Infatti, per prendere un esempio, chiunque paragoni l'armonia della Monferrina dell'Amica; armonia nella sua chiarezza adamantina non inferiore al nitidissimo confluire di attrazioni tonali attraverso spontanee rettilinee divergenze di accordi diatonici e di non meno spontanee leggiadrissime curve di cromatismi sottili e squisitamente condotti – proprietà eccellente dello stile armonico mozartiano; all'armonia tronfia pesante e confusa dell'intermezzo sinfonico che divide il primo atto dal secondo nella stessa opera, vedrà a sufficienza quanto sia aliena la vera natura musicale del Mascagni dall'obliquo cromatismo moderno. A parte l'esagerazione wagneriana del commento sproporzionato all'azione; armonicamente tale intermezzo, con le sue goffe e banali successioni di terze maggiori e quinte aumentate, e l'ansante incalzare di faticose polifonie, che invano tentano placarsi in qualche episodio di enfatico misticismo armonico, non sembra neppur scritto dall'autore dell'intermezzo della Cavalleria del Fritz del Ratcliff e delle danze nelle Maschere e della massima parte dell'Iris, l'opera che anche sotto questo aspetto resta al disopra di tutto ciò che finora ha scritto Mascagni. Infatti ciò che armonicamente era in germe nella Cavalleria e nell'Amico Fritz di originalmente continuante alcune delle più schiette tradizioni della semplicità e chiarezza armonica italiana, nell'Iris prende una forma definitiva e, a suo modo, possente. Certo l'armonizzazione totale dell'Iris è inquinata dal wagnerismo degli episodi dei fiori, dell'aurora, del sole nell'inno al sole e quindi di gran parte dell'ultim'atto, sebbene il wagnerismo dell'Iris sia infinitamente più simpatico di quello dell'Amica, penetrando in esso quasi il calore della fantasia alacre che riscalda giocondamente tutto lo spartito. Ma l'armonia dell'episodio delle lavandare, del teatrino, di quasi tutto il second'atto in cui rifulge la squisitezza armonica dell'aria della piovra e, nell'ultim'atto, del brano dei cenciaioli, è preziosa quanto la italianamente elegante armonia dell'Otello verdiano, alla quale si ricollegano le correnti non wagneriane derivate da Beethoven, che anche armonicamente è, come dissi già, più mediterraneo che nordico e in particolare, la corrente schumanniana, lo Schumann essendo certo uno degli armonizzatori più sapienti e eleganti che abbia mai avuto la musica.

Ma per un altro aspetto l'armonia dell'Iris è importante. Ho già detto che nel Mascagni – e dovrei dire: nella parte vitale dell'opera mascagnana – trionfa un latino equilibrio tra il diatonismo e il cromatismo. Se non che se il cromatismo per sua natura è, per così dire, immutabile, non potendo mai modificarsi la scala cromatica, essendo ormai quasi direi impietrita nella tastiera degli strumenti, il diatonismo può continuamente cangiare, potendosi a piacere – certo non ad arbitrio – mutare nella serie cromatica dei semitoni la posizione dei toni formanti una scala diatonica. Così se le vecchie scale diatoniche erano: do, re, mi, fa, sol, la, si, e do, re, mi b, fa, sol, la b, si, è naturale che, le scale diatoniche oggi in cui l'orecchio è stato reso più sottile ed acuto dal cromatismo, si moltiplichino in un modo prima insospettato. In altre parole dal caotico oceano del cromatismo frenetico della musica modernissima, sta per emergere un nuovo diatonismo, non limitato a due scale solamente, come avvenne da Bach a Wagner, ma aperto a innumerevoli novissime combinazioni. Il senso tonale trasformato se non perfezionato dovrà condurre di nuovo la musica a un ordine, complesso sì, ma limpido e ben equilibrato, contro al quale sembrano adoprarsi pazzescamente le oziose ricerche armoniche di tanta musica modernissima. Se la vecchia determinazione «melodia» può ancora avere un significato, non contrapposto insulsamente ad armonia, ma da questa rampollante, è precisamente in relazione col nuovo diatonismo, come del resto anche prima era in relazione con l'antico diatonismo; e cioè melodia vorrà dire linea sonora passante per i toni (meglio i gradi) dei nuovi modi diatonici emergenti dal disfacimento del cromatismo postwagneriano.

Ora nel Mascagni il diatonismo della Cavalleria, del Fritz e del Ratcliff appartiene al vecchio tipo bachianowagneriano, mentre il diatonismo dell'Iris, nella massima parte almeno, appartiene al novissimo o se non altro lo presente, lo preannunzia (3° atto dell'Iris; canzone del cenciaiuolo e qua e là per tutta l'opera). Certo in Mascagni neppur di questo bisogno è coscienza esplicita, ma, al solito, quasi direi un sospetto, un desiderio confuso. Ma questo fatto è veramente – a chi lo sappia scoprire e interpretare – una delle maggiori riprove dell'italianità sebbene bastarda, del Mascagni. Che sempre è stato questo vecchio nostro genio latino che ha precorso tutti, se non nella risoluzione piena, almeno nell'ingenua impostatura dei più difficili problemi estetici (e non estetici!). Non ostante la mancanza perpetua di libertà, che come una triste ombra ancora del passato si proietta sul popolo italiano, è sempre questo da cui partono i baleni delle nuove aurore nell'ansietà delle tenebre invadenti. Il nuovo diatonismo, l'ordine nel caos cromatico, la salda base dell'intuizione musicale, il rinnovamento del senso tonale, è forse uno dei problemi dalla cui risoluzione maggiormente dipendono le sorti della musica europea. Chè, in verità, troppo sterili ed oziosi sono i tentativi degli impressionisti musicali francesi, i quali oltre al partirsi da un errore estetico; oltre al non superare affatto il wagnerismo delle cui formule descrittive l'impressionismo è l'estrema emanazione; oltre al trasformare in musica il contenuto morale della poesia e della pittura dei così detti decadenti, e quindi al non rinnovare affatto il contenuto storico della loro arte, secondo quella perpetua legge per cui i musicisti si contentano sempre dei resti del banchetto già consumato dai despoti della cultura europea – qui in Italia abbiamo il d'Annunzio, che comincia tardivamente a riempire di sè anche la musica – ; non raggiungono miglior risultato e più concreto del dare per intuizione artistica ciò che non è che inconcludente trastullo di combinazioni armoniche, a cui venga imposto arbitrariamente un significato descrittivo. Onde non è senza un certo orgoglio sereno che io proclamo apparire in Mascagni i segni d'una rinascita, il presentimento d'una nuova melodicità latina e, cioè, di un nuovo diatonismo. Se non che questo pregio, che una volta di più si può e si deve concedere agli Italiani, e cioè quello di precorrere per certa nazionale spontaneità del nostro genio, deve appunto procurarci un orgoglio sereno, non fanatico e cieco: infatti io ripeterò le parole del Foscolo: «o Italiani! qual popolo più di noi può lodarsi dei benefizi della natura? ma chi più di noi (nè dissimulerò ciò che sembrami vero, quando l'occasione mi comanda di palesarlo) chi più di noi trascura e profonde quei benefizi? A che vi querelate se i germi dell'italiano sapere sono coltivati dagli stranieri che ve li usurpano?». E, a terminare, citerò le parole d'un altro grande italiano, Bertrando Spaventa, le quali, per essere scritte sulle condizioni d'un'attività che gl'italiani ebbero in comune con i tedeschi – la filosofia – ; le sorti della filosofia italiana e della tedesca essendo intrecciate in modo analogo alle sorti della musica italiana e della tedesca; possono esser citate tanto per la filosofia che per la musica. «Che se noi, egli scrive, vogliamo ancora e possiamo avere un privilegio, questo è quello di precorrere ed effettuare un più largo indirizzo... Ma ciò a un patto; e questo è di non rigettare tutto quel che si è fatto da un gran pezzo fuori d'Italia o meglio che in Italia, ma studiarlo, comprenderlo, appropriarcelo; e solo così, entrati in più largo orizzonte, conosciuto meglio noi medesimi e ritemprata la nostra vita nella perpetua corrente della vita universale, fare un gran passo innanzi non nel vuoto, ma con la piena coscienza delle nostre forze, del nostro còmpito, del còmpito comune». Parole che fanno fremere come una sinfonia di Beethoven.

CONCLUSIONE.

Chi m'ha potuto seguire fin qui – e dico così, giacchè spiriti altissimi a comprendere il valore della mia discussione dal punto di vista teorico si trovano per certo ora tra i così detti critici letterari, ma, almeno qui in Italia detti spiriti sono, ohimè, quasi sempre sprovvisti di sia pur rudimentale educazione del gusto musicale; e, per converso, gli spiriti educati alla musica non sono, ohimè, capaci di comprendere una seria argomentazione critica; chi, dunque, ha potuto seguirmi fin qui, avrà notato come la mia affermazione dell'arte mascagnana è per così dire tutta intessuta di negazioni. E realmente, ripeto per riepilogare i punti principali del mio studio, il Mascagni rispetto ai grandi musicisti del passato appare un ben piccolo compositore d'opere popolaresche. Ma sta appunto in questa sua ingenuità di popolo la ragione estetica per cui io lo difendo e lo oso contrapporre a musicisti di contenuto più dignitoso – in apparenza – del suo. Io so già lo scandalo che sto per suscitare con l'audacia della mia tesi a doppio taglio; all'estero essa parrà un sacrilegio; in Italia una bestemmia, se non addirittura un'offesa al popolo italiano, dimostrando piccolo non solo il contenuto dell'opera mascagnana, ma ancora il contenuto dell'opera tutta ottocentesca italiana. Insomma il mio povero libro non piacerà nè a Dio, nè al diavolo. E s'aggiunga, ribatto ancora, l'impossibilità che la maggior parte dei miei lettori ha di comprendermi interamente, i colti non essendo severamente musicisti, i musicisti non essendo severamente colti.

Che devo farci? Scrivere un altro libro sopra Debussy e Strauss, con il qual libro certo completerei ed esaurirei la mia critica sopra la musica contemporanea? Ciò potrò anche farlo. Per ora basti a quei pochissimi che m'abbiano letto con «eros», il vedere in iscorcio quello che potrebbe essere l'ossatura del libro futuro, di cui, in fondo, questo sul Mascagni non sarebbe che un libro complementare».

L'arte modernissima a cominciare dal Wagner per finire al d'Annunzio ha in sè un elemento estra estetico, che io chiamerei una specie di stimolo alla vita, o una specie di nepente per dimenticarla. Tale arte è generalmente fatta da e per uomini deboli, stanchi, irrimediabilmente sciupati. I loro spiriti invece di volere dall'artista una visione e una contemplazione, esigono quasi un'eccitazione, un'ubbriacatura, sia pure d'indole assolutamente cerebrale.

Gli artisti che soddisfano questa innumerevole famiglia di debilitati – si pensi ai pubblici decadenti dei massimi teatri europei – si possono così dividere in due grandi categorie: spiriti idillici – un pò nel senso desanctissiano – che vanno cercando una gocciolina di freschezza e d'ingenuità analoga alla pastoralità del secento, e colorando tale nostalgica freschezza della loro melanconia spesso ironica, ad es: tra gli italiani, Guido Gozzano, tra gli stranieri, Claude Debussy. Oppure, spiriti dionisiaci – un pò nel senso nietzschano – che cercano nascondere la rovina su cui danzano al ritmo della loro povera follia con un rabbioso furore di baccanale. Esemplare di questa seconda categoria può prendersi la parte falsa dell'opera d'annunziana e tutta l'opera dello Strauss. Ecco perchè al sereno spettatore moderno dei fenomeni estetici europei balenano spesso i più meravigliosi errori contradittori di giudizio che si possano sognare. C'è chi vede in Debussy un prodigioso rifiorimento d'ingenuità e di semplicità intima, e non s'accorge, malato del male comune, quanto suoni falsa e spasmodica tale presunta freschezza e semplicità. Altri invece scorgerà in Debussy un sorriso ambiguo di femmina logorata dal vizio, e pronuncia a suo modo un giudizio giustissimo. Di Riccardo Strauss c'è chi giura trattarsi di una vitalità superba, multiforme, superiore anche alla irruente vitalità wagneriana – anche questo giudizio è parzialmente vero. Ma ci sarà altri che invece troverà nello Strauss un ammasso vuoto e frigido sebbene assordante di polifonie confuse di armonie pazzesche.

La ragione di questa parallela duplicità di giudizii sta nel fatto che ho sopradetto. L'arte di costoro è più un eccitante o un calmante che una vera contemplazione o sintesi estetica delle proprie emozioni, anzi, come tutti gli stimolanti è composta per lo più ad artificio, è l'innaturalezza di ciò che serve a continuare e a intensificare uno stato patologico.

Non rechi quindi troppo stupore a quei pochi che saranno in grado di capirmi senza bigottismi e senza dispregi fuor di luogo, se io oso parlare di un Pietro Mascagni e più, di studiarlo con amore, rilevandone in mezzo alle difettosità, alle sciatterie e alle contaminazioni estranee, i brani di buona e bella naturalezza e vera ingenuità. Se nelle opere dei reputati maggiori c'è oggi meno che la vita, nel nostro buon Mascagni, c'è veramente della vita quell'inimitabile baleno, quel divino risopianto che ci trasporta nelle opere di un Mozart e di un Beethoven. È una vita rudimentale, popolaresca come dirsi, una vita che ci auguriamo sia presto superata ed obliata per ben altri canti altrettanto schietti e sinceri ma profondi e pesanti di vera altissima conoscenza umana. Ma mi sia permesso affermare, ad onta dell'apparenza paradossale di ciò che affermo, che, presentemente, chi sia davvero puro, e non per moda nauseato dalle malaticcie raffinatezze di Debussy e dagli spasimi sadistici di Riccardo Strauss; se non si rassegni tristemente a chiudersi nel passato, ma voglia godere d'un poco di vita sempre viva, sia pure inferiormente italiana; non abbia altro scampo che dissetarsi alla vena zampillante d'una bella melodia di Pietro Mascagni.